マレー素描集

アルフィアン・サアット

藤井光＝訳

書肆侃侃房

MALAY SKETCHES / ALFIAN SA'AT

MALAY SKETCHES
by Alfian Sa'at

First published in English as *Malay Sketches* by Alfian Sa'at (Ethos Books, 2012)
Japanese translation rights arranged with Commonwealth Publishing
through Japan UNI Agency, Inc.

アドリヤンティ・サアットに捧げる

「これらのささやかな人々の物語が語られる。もし読者諸君をマレー人たちに親しませることができず、マレー人の心のなかを覗き込んでその生のなにがしかを理解させられなかったとすれば……それは筆者の責任である」

——フランク・スウェッテナム、海峡植民地知事・総督にして、

『マレー素描集』(一八九五年出版) 著者

もくじ

装幀・組版＝佐々木暁

マレー素描集

改宗

結婚式ではひととおりすべてをやりたい、とジェイソンは言った。これから彼の妻となるハワは内心、高座に花嫁と花婿が並んで座るブーサンディンの儀式をすることには不安があった。華人男性であるジェイソンがマレー人の伝統衣装に身を包んでいることに、みんなの目が集まってしまうだろうからだ。

だが、花嫁が婚礼で身につけるバジュ・クルン（マレー人女性が着る伝統衣装）をふたりで見つくろっているとき、ジェイソンはソンケット（絹あるいは綿の手織りの織物）の刺繍の美しい模様に心を奪われていた。「絹は華人から、金の糸はインド人から仕入れたもので、職人はマレー人よ」とハワは彼に言った。

「俺も着れるのか？」と、見るからに楽しみにしている様子でジェイソンは言った。

「ムスリムの男性は絹を着るのはだめ。でも、綿のソンケットなら腰に巻いてもいいから」

「じゃあ、ケリス（マレー人・インドネシア人の伝統的な短剣で、儀礼的な衣装の一部としても用いられる）を差してもいいのか？　腰から短刀の柄がのぞく感じで。写真で見たんだけど」

「なに言ってるの？　なんのために？　ソンケットの下で自分を割礼をしちゃってもいいの？」

　婚礼の儀アカド・ニカに向けて、ジェイソンは義父の片手を握りながら一息で口にする言葉を暗記していた。それを英語で言ってもよかったのだが、ジェイソンはマレー語で言うことで将来の義父母に感心してもらいたいと思っていた。

「私ことジャマル・ビン・アブドゥッラーは（それがムスリムとしての名前だった）、ハワ・ブテ・イスカンダルを妻とし、持参金として現金二百リンギットを贈ります」。厳しい顔つきで婚礼を執行するムスリム法官《カディ》は、そのセリフを彼に繰り返させたが、「リンギット」を「シンガポールドル」に変えさせた。ジェイソンは前の夜にその文句を教えてくれたハワのほうをちらりと見た。自分の間違いに気がついた彼女は頬を赤らめた。ジェイソンが二回目をすらすらと言い終えると、まわりに笑顔が広がった。数か月後、ジェイソンは別の部隊に転属になると上司に知らされた。事情の説明はなかった。引き続き曹長の階級のままだが、歩兵隊の特技兵としての訓練を受けることになる。

「でも俺は工兵なんですが」その通知を両手に持って見つめながら、ジェイソンが言えたのはそれだけだった。上司はため息をつき、ジェイソンと目を合わせないようにして言った。「労働省からの指令だ。でも心配することはない。給料は変わらないから」

その日の夜、眠る妻のそばで横になってようやく、ジェイソンは上司になんと言ってやればよかったのかを思いついた。「俺は『ジャマル』と呼んでくれなんて言って回らなかったでしょう。俺は今でもジェイソンです」。でも、そうだろうか？　彼は妻のほうを向くと、彼女のうなじにキスをした。妻は身動《みじろ》ぎして背中を丸め、彼の体にそっと包まれた。

二年後、編集室にいたプロデューサーは、国家記念日祝賀のモンタージュに使うラッシュ映像を見直していた。「あなたが守りたいものはなんですか？」という質問に対して、シンガポールの一般人に答えてもらった映像だ。黒縁メガネをかけたヤッピー風の男は「自分の仕事」と言った。用務員はためらいがちに「自分の将来かな？」と言う。フードコートにいた女は「自分」と言う。そして、ジェイソンが画面に現れる。軍服を着て、歩兵隊の緑色のベレー帽をかぶっている。カメラをまっすぐ見つめて、ゆっくりと、控えめな口調で言う。「自分の家族を守ります。美しい妻と、一歳になる息子を」

それが一番心のこもった言葉だとプロデューサーは思い、モンタージュ映像の一番最後に入れた。兵士の目が涙で光っているのがもう少しで見えそうなことも、それを後押しした。

ふれあわない手

先週の土曜日、「マレー人ムスリム学生優等生表彰式」で、私は賞状をもらいに演壇に上がった。すべてはリハーサル通りに進んでいたけれど、それも、私が大統領と向き合うときまでだった。そのときになって、私は突然固まってしまい、大統領の横にいる女の子が持ったトレーから賞状をひったくると、宙で固まっている大統領の手を放ったらかしにして演壇から下りた。

もちろん、しきたりでは大統領と握手をすることになっていた。でも私はバジュ・クルンを着てトゥドゥン（マレー人のムスリム女性がかぶるヒジャブのこと）をかぶっていた。大統領は男の人だし、私は異性と直接体を触れてはいけないことになっている。それだって一種のしきたりだ。

みんなには、なかなかわかってもらえなかった。母は私が「無礼なこと」をしたせいで、「マレー人全体が恥をかいた」と言った。父は、「おまえがあんなことをするから、我々はすぐに過激派扱いされてしまうんだ」と言った。姉は「あんたは来賓に恥をかかせた」と言った。

その場にいた出席者のどれくらいが私の家族と同じ思いだったのかはわからなかった。私は姉に、その場面がどう見えたのか言ってもらった。

「大統領が間抜けな感じになってしまってた」と姉は言った。「手を伸ばして、誇らしげな笑顔だったのに」

「誇らしげ？」

「そりゃそうでしょ、学生のなかでトゥドゥンをかぶっているのはあんただけだった。きっと大統領は、おや、学業と信仰をうまく両立できる子なんだなって思ったのよ。それをあんたがぶち壊したわけ」

「じゃあ、出席者はどんな感じだった？」

「みんなショックを受けてた。大統領はほんとうに間抜けだった。片手だけ突き出しててて。カーネル・サンダース人形みたいだったけど、出してるのは片手だけ。拍手を続けていいのかどうか困ってる人もいた」

そんなわけで、私は一夜にしてマレー人の社会的孤立の象徴になってしまった。おそらく大統領は、何年も先に書くだろう自伝のなかで、パニック気味の女の子が自分と握手をしないことにした一件に触れて、マレー人たちが次第に原理主義に染まってしまっていたと振り返るだろう。応急処置として、大統領に手紙を出したらどうかと姉は言った。私は最初の下書きを読んでもらった。

「これじゃ謝ってない」と姉は言った。「自分のやったことを正当化してるだけよ」

「謝るつもりはないから。大統領に教えてあげてるの」

姉は呆れた目になった。「あんたが大統領にものを教えるの？　自分が誰だと思ってるの？」

私は手紙を書き直した。今回は、そもそも私たちの文化には握手という習慣はないと主張するくだりは省いた。それから、「あなたも同じくマイノリティの一員ですから、当然のこととして（一九九九年〜二〇一一年まで大統領を務めたS・R・ナザンはタミル人男性）」で始まる言い回しはすべて表現を和らげた。無礼なことをするつもりはなかったという点だけにとどめておいた。

その日に郵便ポストに行ってみると、ふたつの投函口が待っていた。「シンガポール」か「その他の国」か。私はしばらく考え込んだ。姉からは、自分が誰だと思っているのかと訊かれていた。私が暮らしているのはどんな国なのだろう。私が望んでいるのは、どんな国なのだろう。まわりと違う人でいたいからまわりと違うわけではない。それに、まわりと違うからといって、扱いづらい人だというわけではない。

私は「シンガポール」と書いてある投函口に封筒を差し込んだ。どんな場面か、ここで説明してみよう。女の子がひとり、郵便ポストの前で立っている。バジュ・クルンを着て、トゥドゥンをかぶっている。封筒は、木の葉のように、彼女の指から落ちていったばかりだ。

でも、その子はまだ立っていて、片手は宙で固まっている。

三人姉妹

窓の外、雄鶏たちが張り上げるしわがれ声で、アニサは目を覚ました。目を開けて、びくっとした。眠っているあいだに、緑色のクモの巣が体の上に張られていたのだ。強くまばたきをして、それが天井からフックで吊り下げられた蚊帳だということに気がついた。

アニサの母親が部屋に入ってきて、顔をしかめた。

「もう起きなさい」と母親は言った。「ロンおばさんが朝ごはんに揚げバナナを作ってくれたから。冷めたらおいしくないよ」

前の晩、ここに初めて来たとき、アニサはバスルームをどう使えばいいのかを母親から手ほどきしてもらっていた。シャワーはないが、バスルームの一部を壁材で囲ったあとでタイルを貼った湯船があった。アニサはひしゃくで水面をかいた。壁に映る波のような光の模様に見とれていた。

「誰が入ってるの？」

声をかけてきたのは、ロンおばさんの息子アイディルだった。アニサは自分の名前を言いたかったが、気まずくなった。名前を言えば、その子相手になれなれしくなってしまう。

「ンガおばさんの娘」

自分の口から出てみると、妙な言葉に思えた。シンガポールにいたときには、母親が「ンガおばさん」と呼ばれているのを耳にしたことは一度もなかった。母親は三人姉妹の真ん中、「トゥンガ」だったので、その呼び名がついたのだ。「スーロン」と呼ばれる一番上の姉がロンおばさん、「ボンスー」こと一番下がスーおばさんだった。

体を洗って、アニサがジャージのズボンをはこうとすると、母親にサロンを渡された。

「今日はかなり暑いから、ジャージはやめなさい」と母親は言った。「こっちを着て」

朝食の席につくと、女性はそろってサロン姿だった。スーおばさんも片腕で赤ん坊を抱いて、一緒に朝ごはんを食べることにした。母親によると、大人の男たちは「あたりを見て回るため」に朝早く出ていったという。アイディルは市松模様のテーブルクロスを端で留めておくための白いプラスチックのクリップを、あっちに弾いてはこっちに弾いて遊んでいた。

「アイディル」と言いながらロンおばさんが揚げバナナのかけらをふたつにちぎると、なかから湯気が立った。ロンおばさんは生まれつきまぶたが厚く、そのせいで眠たげな、あるいは醒めたような顔つきだった。「次にそれを弾いたら、あんたのあそこを弾くからね」

アニサは目をまん丸にして母親のほうを向いた。ところが、母親はまったく気にしていないようだった。

「でさ、今回はアニサも連れてきたのはどうして?」と、スーおばさんはアニサの母親にたずねた。

「いつもはお祖母さんのところに預けるんだけど」と、母親は義理の母親のことを口にした。「もう大きくなったから、今年は車に乗せてきても大丈夫だろうって思って」

「もう小学校は始まったんでしょ？」

「もちろん」とアニサの母親は言った。「もう四年生」

スーおばさんの赤ん坊が泣き始めた。なんのためらいもなく、スーおばさんはブラウスのボタンを外して授乳を始めた。アニサの母親には、娘がびっくりしているのがわかった。

「ここでやらなきゃだめ？」とアニサの母親はたずねた。

「この子にも朝ごはんがいるでしょ」とスーおぼさんは言った。

「アイディルの目の前で？」とアニサの母親は言ったが、ほんとうは「アニサの目の前で？」と伝えようとしていた。

「アイディルはまだ子どもだし。アイディル、そうでしょ？　まだ割礼だって受けてない。アイディル、いつ割礼を受けるの？」

「わかんない」とアイディルは言った。

「早めにしたほうがいいよ」とスーおばさんは言った。「大きくなると、包皮が堅くなるから。そしたら斧で切ることになるし」

アイディルの体がこわばった。「スーおばさんはぼくを怖がらせたいだけなんだろ」

と言った。

「私が知ってた男の子なんかね」とロンおばさんは言った。「十二歳になってようやく受けてた。ノコギリを使うはめになったよ。三日三晩かけて、ようやく切り取ったわけ」

「そんなのウソだ」とアイディルは言った。だが、緊張しているのがアニサにはわかった。アニサがスーおばさんのほうを見ると、赤ん坊をあやすおばさんの顔に髪がかかっている。スーおばさんは、三人姉妹で一番色白だった。乳房にうっすらと浮いた血管が見えた。

「アニサ、あんまりじろじろ見ちゃだめ」と母親は言った。

「アニサ」ロンおばさんは言った。「お乳が飲みたそうな顔だね。スーおばさんに頼んだら、もう片方のお乳を吸わせてもらえるよ」

耳がさっと熱くなるのがアニサにはわかった。自分の前で大人たちがそんなふうに話をするのは初めてのことだった。恥ずかしく思うべきなのか、わくわくするべきなのか。それまで「スランゴール（マレーシアの首都クアラルンプールを取り囲む州）にいる親戚に会いに行く」と言われたときに両親と一緒に行かなかったことを悔やんだ。だが、州の名前からして退屈そうだったのだ。あくびついでに口から出るような響きだった。ちゃんと知っていればよかったのに!

それからの数日、アニサは女たちが集まって話をするときには、なにかにつけて母親にひっついていた。ときには、なんの話をしているのか混乱してしまうこともあった。女たちはすり鉢やすりこぎ、ミシンの針、傘やレインコートの話をした。わたしもいつか、その言葉を使いこなせるようになりたい、とアニサは思った。そこには深く禁じられた、言葉にこっそりと包まれた別の言葉の香りがあった。

だがたいていの場合、アニサにとって一番楽しかったのは、女たちの笑い声という怖れ知らずの音楽だった。ある晩、アニサは話についていけなくなり、母親の膝枕で眠り込んだ。

「起きなさい」と母親は声をかけた。「もう着いたから」

アニサは目をこすった。そこは出入国の検問所だった。税関の職員が一家のパスポートをぱらぱらとめくっている。職員は車の後部座席をのぞき込むと、眉をひそめた。パスポートをまとめて返すとき、職員は言った。「娘の写真を変えたほうがいい。もう見た目が全然ちがう」

「髪のせいだよ」とアニサの父親は言った。「伸びたからな」

「髪だけじゃないわ」と母親は言った。アニサは座ったまま背筋を伸ばして、バックミラーに映る母親の姿を見ようとした。だが、母親はまっすぐ前を見つめていた。まるで、娘を見つめ返せば、そのうち解いてもらおうと思ってアニサに預けた謎が台無しになってしまう、とでもいうように。

パヤ・レバー　午前五時

彼は母親に起こしてもらう。台所に、そしてトイレに行き、夜明け前《スーボ》の礼拝のために体を清める。明かりをつけて礼拝をするのは好きではない。おそらく、暗がりのなかでのほうが、神も含めてすべてがより近く感じられると気がついたのだろう。もしかすると、楽園もまた暗がりの場所であって、「選ばれし者たち」は目が見えるという点がちがうだけなのかもしれない。

礼拝を終えると、個人的な祈願《ドア》を行おうと腰を下ろす。試験は何カ月も先のことだし、家族の誰かが病気で危ないというわけでもないので、特になにも思いつかない。そこで、いつものセリフにする。僕たちを誘惑と危険からお守りください。彼の両手は胸のところでお椀のような形になっている。ひょっとすると、神からの祝福もまた、暗がりのなかで、一筋のクモの糸のような光として受け取られ、彼の手のひらが作るくぼみに注がれているのに、それは姿を現さない天使たちにしか見えないのかもしれない。

村のラジオ

スーおじさんの家に入ってまず目につくのは、窓の近くにかけてある派手な飾りの鳥かごだった。なかにはぶち柄のハトがいて、クークー鳴いていた。その横にはもうひとつの鳥かごがかかっていたけど、そっちは空っぽだった。ぼくはおじさんに、どうやってそのハトを捕まえたのか訊いてみた。

「ジャングルでな」という、そっけない返事だった。

ぼくはもっと詳しく知りたかった。罠を仕掛けたの？　もしそうなら、罠を見せてもらってもいい？

スーおじさんは信じられないという目を向けてきた。「かごの扉を開けておくだけでいい。そうすれば一羽飛び込んでくる」

今度はぼくが信じられないという気分になった。もしかして、かごのなかにエサを入れておいたってこと？

スーおじさんはハトに目を戻して、クックッという音を立てた。ぼくはおじさんの謎めいた言い方にすっかりうんざりしてきた。村人の「知恵」だと思われているのだが、それはなにかを隠していたり、回りくどい言い方をしているだけなのだとわかりかけてきた。

ちゃんと答えてもらえないのでいらいらして、ぼくはおじさんに訊いた。「こんなふうに鳥を閉じ込めておくなんてだめなんじゃないの？　自由に飛び回らせてあげたほうがよくない？」

おじさんはぼくのほうを向いた。「おまえは街の生まれだから、いつもラジオが近くにある。だが、おれの家ではこの大事な鳥が音楽を響かせてくれるんだ」

楽しみたいからというだけで動物を閉じ込めてしまうのは、ちょっとかわいそうだという気がしたけど、ぼくはなにも言わなかった。とにかく、おじさんはぼくとのあいだに線を引いてしまった。おじさんみたいな村人が寂しさを紛らわす方法について、

「都会っ子」のぼくがなにを知っているというのだろう？

　それから数カ月経って、ぼくはトレンガヌ（半島部マレーシア北東に位置する州）に戻った。今度は、スーおじさんの鳥かごはふたつとも空っぽだった。あのハトはどうしたの、とぼくは訊いてみた。おじさんはただ微笑んで、台所にぼくを案内した。買ったばかりのトランジスタラジオを見せてくれた。そして奥さんが、紅茶とジェイコブスのクリームクラッカーを出してくれた。

　ぼくが泊まっていた六日間、おじさんは一度もラジオをつけなかった。ただ居間に座って、タバコをふかしながら、空っぽになったふたつの鳥かごをじっと見つめていた。おじさんの頭自体がかごで、そのなかにはジャングルが、ジャングルのなかには音楽があったけど、そのどちらも遠くに秘められたものだった。

日没後の礼拝のあと

日没後の礼拝のあと、ジャおばさんはきまって片手にビニール袋を持って、一階建てアパートの正面の段を降りていった。茶色いゴムサンダルをはいて公園に行く道すがら、ずっと笑顔を浮かべていた。

公園に着くと、ベンチに場所を見つける。できれば、街灯の真下でないほうがいい。いばり散らしてきそうな人はいないか、とあたりを見回す。とくに心配なのは、半袖半ズボンで首ひもをかけた男たちだ。そのひもについた札を目の前にかざし、自分のほうが立場が上なのだと男たちは誇示してくる、とジャおばさんは想像していた。

それから、ジャおばさんはビニール袋をほどき、新聞紙を何枚か取り出して地面に広げるのだった。そして袋から魚を何匹かつまみ出すと、紙の上に広げた。

　そして、仲間たちが来るのを待つ。

　しばらくすると、灰色のぶち猫が姿を見せた。ためらいがちな様子で、ジャおばさんをうかがうようにじっと見つめてくる。ジャおばさんは優しく舌打ちの音を立てて、その猫を誘う。猫は近づいてくるが、そのおずおずした一歩一歩は、地面の温度を確かめているかのように慎重だった。

　ジャおばさんは年寄りなのだから追いかけるなどむりなのだと、その猫はわかっているのだろうか？　人間の年齢は、それ特有の匂いを分泌するのだろうか？　ぶち猫は少しずつ前に進み、じきに、いかにも満足げに魚にかぶりついていた。ジャおばさんがかがみ込んで猫の頭を撫でると、猫はゴロゴロと音を立てた。

「ほかの友達はどこ？」とおばさんはたずねた。

　数秒のうちに、ほかの猫たちも現れ、あっというまにおばさんのごちそうに六匹が群がった。白い毛に黒い模様の入った猫が二匹いた。あんたたちはきょうだいかい、とジャおばさんはたずねた。やせこけた茶色のぶち猫がとりわけ主張が激しく、食べ物を嗅いで回るさなかに頭を上に向け、おばさんに向けてニャーと鳴いてくる。文句を言っているのだろう、とおばさんは想像した。「おばあちゃん、ぼくの取り分がないんだけど！」

ジャおばさんはその猫を抱き上げて（するとメスだった）膝にのせ、ビニール袋に手を入れて、自分の手から魚をあげた。「この子ったら、どうしてこんなに甘えん坊なんだかね？」と言った。マレー人の年寄り女性たちにはみな同じ癖がある、とおばさんは知っていた。孫たちを散々甘やかしておきながら叱るのだ。

ジャおばさんは村《カンポン》にいたときのことを思った。そのころは鶏を飼っていて、毎朝、家の表にある鶏舎に米粒をまいていた。それから、コモットという猫がいた。構ってもらいたがりの、やたらと活発で面倒な猫で、人が歩いていれば足のあいだにまとわりつくのが好きだった。男たちはみなその猫に毒づいたが、長いサロンを着て歩く女たちは気にしなかった。

コモットのお気に入りの場所は、家の外にあるハイビスカスの茂みの下だった。あの猫はどうなったのだろう、とジャおばさんは思った。ときおり、こうして近所の猫にえさをあげているのは、みんなと引っ越したときにあの子を連れてこなかったことへの罪滅ぼしなのだろうか。一家総出でカンポンのあちこちを探したが、猫は見つからなかった。コモットは蝶を追いかけるのが好きだった……。

ジャおばさんが家に戻ると、息子が待っていた。「母さん《マッ》、鍵をかけずに家から出たらだめじゃないか。何度言えばわかるんだ？　もうカンポンに住んでるわけじゃないんだから」

「忘れてたね」ジャおばさんは息子のそばを抜けて、台所に入って手を洗った。

「あとさ、今日の新聞、どこかで見なかった？」

泊まり

九歳の誕生日を迎える息子に、母親のファリシャはテントを買ってやることにした。ファリシャの父親はウビン島（シンガポールの北東にある島）に住んでいて、一番幼いころの思い出といえば海だったのだ。そよ風の吹く土曜日に、家族三人でチャンギ・ビーチに行って、青い台形のテントを組み立てた。

「これが新しい家になるの？」とイサンは言った。

ファリシャの夫が答えた。「そうだ。気に入ったか？」

「いい感じ」とイサンは言った。「でも、小さすぎるよ」

ファリシャは言った。「ここに一晩泊まるだけだから。こぢんまりした感じね」

三人が選んだ場所には、ほかにもテントが十一個並んでいた。ファリシャがナシレマクの入った包みをいくつか開けて、家族で食べ始めた。昼食を終えると、ファリシャの夫は息子を釣りに連れていった。ファリシャはテントの留守番に残り、ほどなくして戻るとふたりの女とおしゃべりしていた。

女のうちのひとりには、かつてウビン島でクルアーンを教えていた親戚がいた。ファリシャは昔こっそり唱えていたずらっぽく楽しんでいた語呂合わせを思い出して笑った。「クルアーンの先生は目が見えてないから、女の子にキスしようとして馬のおしりにキスしちゃった（アレフ・バ・タ、パッ・ハジ・マタ・ブータ、ナッ・チオム・アナッダラ、トゥーチオム・ボント・クーダ）」。

女たちはそれぞれの村《カンポン》での子ども時代の話をした。ファリシャからすれば、都心部に近いクイーンズタウンの高層住宅で大きくなった夫とは分かち合えない経験だった。雄鶏の鬨《とき》の声で目を覚ましたことや、トタン屋根に打ちつける雨の音、蚊取り線香から上がる煙の匂いがする夜のことを、三人の女たちは話した。

「政府は私たちのカンポンを奪って、キャンピングをくれたわけ！」とファリシャは言った。

夜になるころには、ファリシャはかりそめのご近所である家族のすべてと知り合いになっていた。夫は鶏の手羽先とソーセージとすり身の団子を持って帰ってきた（魚が一匹も釣れなかったことへの埋め合わせだろう、とファリシャは思った）。食べ物の入った大きな袋を苦労しながらテントに持ってくる夫を見て、ファリシャは親しげにからかった。「誰かさんが昇進でもしたの？　駐在署長とか？」

夫は恥ずかしそうだった。「今夜はみんなで分けるんだ。この人たちと次にいつ会えるかわからないだろ」

バーベキューのあいだ、夫はどこかからギターを借りてきて、ヘビーメタルバンド〈スウィート・チャリティ〉の「カメリア」をファリシャのために弾き語りした。ほかの家族から二人がサビに加わり、ギターを弾く真似をしたり、膝を叩いて拍子を取ったりした。イサンはほかの子どもたちと仲良くなり、貝殻拾いの探検の成果を親に見せた。

眠る前に、イサンは父親に言った。「お父さんがギターを弾けるなんて知らなかった。いつか教えてくれる？」テストでいい成績だったらギターを一本買ってやるからな、と父親は約束した。ファリシャが先に眠りに落ちた。波の音は、なじみのある、未練がましい子守唄だった。

翌朝、隣のテントの騒ぎでファリシャは目を覚ました。自分のテントからのぞいてみると、公園の管理人がひとり近づいてきて、キャンプの許可証を見せろと言ってきた。おとなしくハンドバッグを探していると、誰かが叫ぶ声が聞こえた。「もうここに顔を見せるな。わかったか？」別の女が頼み込んでいた。「ほかに行くあてがないんです。住宅開発庁《HDB》からアパートを追い出されてしまったんです」

そのやりとりにはどこか聞き覚えがあったが、ファリシャは自分の許可証を見つけることに集中した。それを手渡された管理人は、正午までに立ち退くようにと言った。そしてファリシャは気がついた。カンポンの思い出は、強制退去の記憶なしには語れない――雄鶏は夕暮れに鬨の声を上げ、屋根は雨で崩れていき、そして蚊取り線香の燃えさしは、オレンジ色から灰色へ、やがて脆い灰の粒に変わっていく。

ゲイラン・セライ　午前六時

彼女は包丁を使って、ビニール袋を開け、麵をお盆にのせる。固い黄色の塊を前にして、それを彫刻してみたいという気持ちに負けそうになる。親指で目の穴を、拳で口をくり抜いてみたい。その気持ちを抑えて、絡まり合った麵の塊に指を差し込むと、それまでは難攻不落のもつれた迷宮だったものが、つるつるした生地でできたひもが絡まり合いながらほぐれていく。

父親は背を向けて、汗をかきつつトウガラシをみじん切りにしている。彼女は目を閉じて、人様の食べ物で遊んではだめだ、と厳しく叩き込まれた言いつけに逆らうことを楽しむ。

ハントゥ・テテクのお話

X線写真を何枚も手に持ったサリマは、ハントゥ・テテクの話を思い出していた。夕暮れどきに出てくる胸の大きな女の幽霊で、子どもの顔を自分の乳房に押し当てて殺してしまうのだ。鼻を胸骨で押しつぶされ、耳はすえたような熱い肉でふさがれてしまう。なんという死に方だろう。ロウソクの火を親指と人差し指でつまむようにして命をもみ消され、ふたつ並んだDの字で死が描かれる。サリマの頭には科学捜査めいた疑問が浮かんだ。死因はなにになるのだろうか。どれくらい長く暗闇のなかでもがいてから、さらに深い闇に引きずり込まれるのだろうか。

かつて新聞に、頭にラップダンサーの乳房をぶつけられて脳震盪を起こしたアメリカ人の男の記事が出ていたことがあった。その後、その男は賠償を求めてダンサーの女を訴えた。もしかすると、ハントゥ・テテクもそれと同じだったのかもしれない。日没後の礼拝の呼びかけが、大人たちを呼び出し、子どもたちには警告し、その最後の音が消えたあともずっとかくれんぼをしている怠け者の頭蓋骨を、大きな岩のような胸で押しつぶしてしまうのだ。

サリマは考えた。殺しのやり方を決めるのは、乳房の形なのだ。その乳房にはふわふわした肉などまったくなかったのかもしれない——爬虫類のような純粋な筋肉しかなく、菌類の斑点のようにぽつぽつとあるうろこで子どもの頭を締めつけることができて、頸動脈をブドウの粒のように圧迫する。ハントゥの乳首はおたがいを求め、みずからを愛するヘビの口づけのように、ひとつになることを求める。筋肉でないとすれば、包嚢性で、何ガロンもの体液によって乳房は細長く伸び、浮いた血管の筋は地図上の河川のようになっている。犠牲になった子どもの毛穴はすべて、バターを塗られたようにふさがれ、鼻の穴はナメクジのように伸びたゼラチンの染みで埋められ窒息する。

あるいは、もっと深い意味のある死かもしれない。ハントゥ・テテクの胸の谷間には謎が隠されていて、赤く輝き、舷窓のような門になっていて、そこには胎児が見る風景があり、両親の怒鳴り声に満ちた寒々しい夜と、家で待ち受けているであろうお仕置きからの救いと永遠の温もりを約束してくれる。カンポンにいた男の子たちとはちがい、サリマは、ハントゥ・テテクの力はその豊満な肉体にあるとは信じていなかった。優しい口ぶりで墓石を抱くポンティアナクという幽霊が、髪からは性愛の匂い、毛穴からはインドソケイの香りを発しているのとはちがうのだ、と。ハントゥ・テテクは男女を区別することはない。家の庭と時計の針に守られた魔法の囲いからさまよい出てしまえば、男の子も女の子も等しく餌食にされる。

さらにいえば、母親からは、ハントゥ・テテクの乳房は化け物で、腐って蛆虫がわいているのだと聞かされてはいなかっただろうか。ということは、矛盾がある。いつかは死ぬ定めの幽霊であって、胸は腐り続けていくが、完全に崩れてしまうことはない。つまり、それがハントゥ・テテクの苦しみであり、悪意の源なのだ。自分の体でただひとつ命あるしるしを持つ部位が、実は永遠に腐敗していくということが。細胞が芽生えたかと思えば、一秒後には朽ちていく。誰から見ても、それは地獄だろう。蘇ったというのに苦しめられ、復活させられたかと思えば想像を絶する痛みを与えられる。生きることは、死につつあることだ――それはサリマにもなじみのものになりつつある現実であり、認めるほかない普遍的な真理でもあった。とりわけ、今は。

サリマはX線写真のなかでも、乳房を写した一枚を窓に当てた。放射線が通らなかった斑点、医師たちが「石灰化」と呼ぶところが、燃えたように明るくなった。うろたえた声を上げそうになりながら、サリマは幽霊のようなその斑点をじっくり眺めた。その写真をさらに高く上げ、光にかざした。そこには幽霊たちがいた。倒すことはできず、日の光も祈りの力も寄せつけない、厚かましい幽霊たちが。

冷ややかな慰め

白衣に体を包みながら、ラズミは自分があっさりと変身していくことに驚いていた。病院に入ったときは、ほかの来客と同じく長袖のシャツとズボンという格好だった。今、首から聴診器を下げたラズミは、自分でも年齢に似つかわしくないとよく思う威厳をまとっている。ここの患者たちにずけずけと質問して信頼を要求し、純真な顔で目をぱちぱちさせながら、患者が自分の体について話さないのは、彼から教育を奪うことになるのだと仄めかす――そんな権利が、ラズミにはあるのだろうか?

ラズミはため息をついた。患者たちは、彼にとっての教師だった。だが、なんとも奇妙な関係だ――学生のほうが、ベッドのまわりにU字形のカーテンを引いて教室の準備をし、教師を診察することになるのだから。ちがうな、とラズミは考えた。患者たちは僕の教師じゃなくて、教科書だ。

「二十六番ベッドの患者だけど」と、受講生仲間が彼に言った。「未産婦で、胎児は逆子になってる。面白い病歴ね」

その仲間はシェリルという、眼鏡をかけた快活な女の子だった。上級生の臨床研修医に先導してもらって病棟を巡回していくときには大げさに頷く癖があった。ラズミは彼女については、両親とも医者だということ以外はなにも知らなかった。

シェリルの家では食卓を囲んでこんな会話が交わされているのだろう、と想像してうらやましくなることもあった——両親が同僚の名前を次々に口にして、シェリルはそれが誰なのかわかって畏敬の念に目を輝かせ、エリートの伝統に仲間入りさせてもらえたことを誇りに思う。ラズミの両親はといえば、中学校教育までしか受けていなかった。ときおり、午前の授業を受けているような妙にすっきりした顔つきのシェリルをちらりと見て、どちらの期待のほうが重いのだろうとラズミは考え込んだ。両親のあとを追うことか、両親を超えることか。

「彼女はもう診察した?」とラズミはたずねた。

「した。でも、あなた相手のほうがもっと病歴を話してくれると思う。英語があんまりうまくないから」

二十六番ベッドの患者は、二十歳になるかならないかというマレー人の女の子だった。かなり黒い、乾いた唇をしていて、ヘビースモーカーなのだろうとラズミは勝手に思ってしまった。眉毛を抜き、かなり細くしていて、茶色に染めた髪は根元が黒くなっていた。最初にラズミが見かけたとき、その患者は腹部に毛布をかけて、ぼんやりと宙を見つめていた。寒いから毛布をかぶっているのではなく、癖になっているのだろうとラズミは思った。臨月が近くなっていても、妊娠していることをまだ気にしているのだ。

「こんにちは」とラズミは言った。「僕は医学生なんです。いくつか質問してもいいですか?」

女の子は警戒するような目をラズミに向けた。「さっき女の人がいろいろ訊いてきたけど」

「知ってますよ」とラズミは答えた。「お疲れなら、別にいいですけど」なぜか彼はほっとした気分になり、会議室に引き返したくなった。そこなら、自分が置いたカバンやメモ、慎み深く目を隠された白人の症例が載った本物の教科書がある。出し抜けに、この患者を自分に紹介したシェリルに苛立ちを覚えた。なにかを主張しようとでもいうように。だが、なにを主張するというのだろう。

「あんたマレー人でしょ?」と、いきなり女の子がたずねてきた。そしてマレー語で言った。「マレー語話せるよね?」

ラズミは頷いた。マレー人患者との面談には慣れていたし、そうした顔合わせで患者のほうから、腸の習性や異常な排泄についてラズミが一生懸命蓄えた知識に収まらないような打ち明け話をされることもよくあった。共通の言語によって彼が引き込まれた契約は、単なる医師と患者の信頼関係とはちがうものだった。より親密だが、よりべっとりしたものでもある。親戚同士のように思える、というくらいにしか彼には推測できなかった。たいていは患者たちのほうが年上だったので、そうした瞬間のラズミは養子として貸し出された息子であり、希望を小舟にのせた、体の丈夫な渡し守だった。

「私が若かったころはマレー人の医者なんて少なかった。我々の仲間が前進しているのはいいことだ」

「中国出身の看護師たちときたら、まるで英語が通じない。あんなので看護師になれるのか?」

「きっとご両親は誇らしく思ってるでしょうね。スジョク・プロ・マッ・ムンガドゥン」

その最後の一言を聞くと、ラズミはいつも笑顔になった。文字通りだと、その言葉は、ラズミがお腹にいたころの母親の子宮が「冷えて」いたという意味だった。優れた子を授かった、という言い回しだ。それでも、ラズミが学んだなかに、子宮の温度が子どもの知能や性格と関連すると示すものはなかった。

「それで、産むのは初めて?」と彼はマレー語でその女の子にたずねた。

「うん」と彼女は答えた。「もう、さっさと産みたくてたまんない。九カ月もタバコに手をつけてないから。それで、訊きたいことってなに?」

それから数分間、ラズミは彼女の病歴をあれこれたずねた。彼のノートにはチェックリストがあり、それを手順通りにこなしていった。どうやら、分娩のときに鉗子を使う可能性があると彼女は知らされていた。

「この子はすごく強く蹴ってくる」と女の子は言った。「あちこち蹴りまくったせいで、今は逆子になってるんだと思う。どこでそんな動きを覚えてきたかわかる？　父親がサッカー選手だからよ」

「プロ選手？」とラズミは言った。「名前は？」

「名前は言いたくない。恥ずかしい思いをさせたくないから。彼にも選手生活と自分の人生があるでしょ。もう別の彼女もいるし」

ラズミはその言い分を信じてやることにした。とはいえ、目の前の彼女は、好ましくない統計にまたひとつ数値が加わったにすぎない――問題のあるマイノリティ出身で、未婚の十代の花親。彼女のような人間のせいで、ラズミは医学を志すことにしたのだろうか。シェリルに、望んでの妊娠ではなかったと伝えていたのだろうか。

突然、ラズミは怒りを覚えた。自分がこれまで散々苦労して、シェリルのような人たちのお眼鏡にかなうようにしてきた努力が、彼女のせいで水の泡になってしまった、とでもいうように。

「彼女はいるの？」と女の子はラズミにたずねた。

軽く誘われているのだろうか？「いません」と、ラズミは目を合わさずに答えた。

それから、自分の声が苛立っていて突き放すような響きだということに驚いて、顔を上げて彼女を見た。「交際をするにはまだ早すぎると思うから。人生にはもっと大事なことがあるし。将来のことはしっかり考えていきたくて」

女の子はラズミの刺々しい口調に気づいているようだった。「唾つけとこうとか、そんなんじゃないから」と言った。「医者になるんでしょ。あんたみたいな男は、私みたいな子は相手にしない。たいてい華人の女の子を追いかける。訊いてみただけだから。ところで、名前はなんていうの？」

ラズミは咳払いをした。「ラズミ」と小さな声で言った。

「いい名前。どういう意味？」

「よく知らなくて」

「赤ちゃんが生まれたら、ラズミって名前にしようかな。そしたら、この子も大きくなったら医者になる」

なんと言えばいいのか、ラズミにはわからなかった。自分の両親はR・アズミというマレー人歌手のファンなのだ、という話をしたかったが、この女の子はそれが誰なのか知っていて、延々と話が長くなってしまうかもしれない。シェリルが病棟に入ってくるのが見えた。笑顔で、愛想がいいと同時に高圧的でもあった。

「次から次に聞き取りがあってすみません」とシェリルは女の子に言った。「もう終わった？　お昼に行こうかと思ってて」

「ああ」とラズミは言った。「もう終わったよ」

シェリルは女の子のほうを向いて、心配そうな顔つきになった。「もう休んでもらったほうがいいですね。まだ寒いですか？」

女の子は微笑んだ。「ちょっとだけ。でも、脚はもう大丈夫。お腹、少し冷えてて」そしていたずらっぽい目をラズミに向けて言った。「スジョク・プロ」。最後の薄い粘着テープのようなその一言は笑いを誘った。そしてラズミは彼女の世界から身を引きはがして自分の世界に戻っていき、エアコンの効いた一階の食堂で、彼女の妊娠の複雑さについてシェリルと話し合った。

犠牲

スハイリは、自分の部屋の窓際でタバコを吸っていた。刑務所から戻ってきて三日、それまでは家では一服するまいと我慢していた。だが、それまでの一年間は妹が使っていた部屋を、また自分のものにしなければならなかった。そうするには、カーテンやシーツや枕にタバコの匂いをつけるしかない。

部屋はすべて、以前のままだった。妹がそこにいた形跡といえば、外し忘れていた韓流スターのポスターがクローゼットの扉の内側にあるだけだった。そのポスターを初めて目にしたスハイリは、自分が家にいなかったことを思い知らされた。妹がティーンエイジャーになるのを、近くで見守ることができなかったのだ。

実は、妹が残していった形跡がもうひとつあった。ジャスパーがスハイリに買ってくれた香水のボトルが、残り半分まで減っていた。スハイリは思い出した。誕生日のプレゼントにもらったのだが、その数日後に彼女は逮捕されてしまったのだ。一年間でボトルの半分しか使わなかったのだから、スハイリの妹もかなり我慢したにちがいない。それとも、「それは使っちゃだめ。その香水はスハイリのものだから」と母親に言われていたのか。そう思うと、気分は少しましになった。自分のなにがしかはずっと家にあったということだから。

彼女が刑務所にいるあいだ、ジャスパーからの手紙はなかった。自分から彼に送った最初の何通かのことを、スハイリは思い出した。囚人たちは紙を一枚渡されて、その端を内側に折って糊で貼りつけて封筒にした。スハイリがなるだけ多く言葉を書き込もうと必死だったせいで、単語のあいだの間隔は狭まり、文字はひょろりとした形になった。彼に送った最後の手紙には、二十五文字しか書いていなかった。「ジャスパー、愛しい人、返事をください。あなたのエリーより」それを巨大な文字で書くと、どこかすっきりした。縮こまったような、コイルばねのような言葉とはおさらばだ。

スハイリに〈アイス〉の手ほどきをしたのはジャスパーだった。最初、彼はトイレにこもって控えめに吸っていたが、じきに彼女の前でも堂々と吸うようになった。スハイリはそれをやめさせようとして、覚醒剤用のパイプを何度か折ったりもしたが、そのたびにジャスパーは新しいパイプを手に入れた。ある日、わたしも試してみたい、とスハイリは言った。最初はいやがったジャスパーだったが、まもなく、正しい吸引方法をスハイリに教えていた。

スハイリには計画があった。ジャスパーと一緒に〈アイス〉を試してはみるが、ちゃんとやめられるのだと彼に証明してみせよう。意志の力さえあれば大丈夫だ。スハイリは自分のきっちりした生活を誇りにしていた。ウェイトレスの仕事をするかたわらで、時間をうまくやりくりして美容専門学校にも通っていた。

一カ月後、スハイリの目標はもっと慎ましいものになった。やめさせるのではなく、ジャスパーの「ペース作り」を手伝おう。〈アイス〉をふたりで吸う回数を決めた。朝に一回、夕食後にもう一回。それから、一日に三回ほど吸うようになり、それが五回になり、そのころにはスハイリは仕事も学校もやめて、彼と同棲していた。

スハイリは彼の売人とも知り合いになっていた。逮捕された日は、その週に吸う分を手に入れようとその売人に会っていた。ふたを開けてみれば、おとり捜査に引っかかり、尿検査で〈アイス〉と〈エクスタシー〉に陽性反応が出た。自分ひとりで使う麻薬を手に入れようとしていたんです、とスハイリは捜査官たちに言い張った。売人には、ジャスパーの名前を警察に出さないよう約束させた。

スハイリはタバコを吸い終えた。イタリアンレストランで初めてジャスパーと出会ったときにかけられた言葉を思い出した。

「天使っていると思う?」と彼はたずねてきた。

「どうして?」

「俺は信心深くないからさ、天使なんていないと思ってる。でも今、天使が俺のテーブルを片づけてる」

あとから思えば、麻薬のせいでそんなことを口にしていたのだとわかる。それでも、その思い出にスハイリの胸は疼いた。昨日、ジャスパーの低層アパートに行ってみたが、その部屋は外国人の夫婦が借りていた。ふたりはジャスパーのことはなにも知らなかった。刑務所でいくどとなく自問したように、そのときスハイリは自問した。ジャスパーも逮捕されてしまったのだろうか。それとも、麻薬を過剰摂取して死んでしまったのか、あるいは自殺してしまったのか。

ジャスパーがロンドンに住んでいるとは、スハイリには知るよしもない。スハイリが逮捕されたことをきっかけに、彼は人生を立て直すことにした。スハイリが収監されたと耳にすると、イギリスにいた両親のもとに行き、更生施設に入所した。父親の経営する会社で、マーケティング部門を統括する仕事をもらった。信仰に目覚めた。ときおりスハイリのことを思い、神が救いの恩寵を与えてくださったのだと考えた。信仰心のない同僚たちには、よくこう言った。「ほんとうに必要なとき、神は天使を遣わして人生をしかるべき方向に導いてくださる。それが、哀れな被創造物への神の愛なのだ」

タンピネス　午前七時

かれらは大量高速鉄道《MRT》に乗り、車両の扉付近に陣取っている。日焼けした肌は、これからキャンプ旅行に向かうのではなく、キャンプ旅行から戻ってきたことを物語っている。まわりには大型のバックパックと携帯用のステレオがひとつあり、誰かがそれを「ミニコンポ」だと言い張ってみんなを笑わせている。その男が今、列車から降りていく女の子たちのうちのひとりを眺め、その子のバッグ、とりわけ正面ポケットをまじまじと見つめている。そこにメモをすべり込ませたのだ。

前の晩、その男はキャンプファイヤーを囲んで彼女のそばに座っていた。ほかはみんな眠っていた。彼は星空を指して、会話をつなごうとため息をついてこう言った。

「こうしてるのって素敵だよね」メモに書いたメッセージを彼女が読んでくれるのかどうか、どうすれば確かめることができるだろう。だが、ひとつ確かなことがあった。あの夜、オレンジ色で光の輪になった仮面をふたりに与えてくれたなにかの燃え残りは、波によってすでに消し去られようとしているのだ。

わかりやすいのにして

バスに乗っていると、ハミダの携帯電話が鳴り始めた。びくっとしたハミダはバッグのなかを探り、電話には出ずに音を切ろうと思った。その着信音が好きではなかった。明るく、現代風のリズムで、若者にありがちな感じの音だった。携帯をいじっていた娘がある日、それに決めてしまったのだ。

かけてきたのは、その娘だった。すすり泣いていた。

「ママ《マッ》」と娘は言った。「どうすればいい？」

「どうして泣いてるの？　どうしたの？」とハミダはたずねた。

「しばらく生理が来てない」

「吐き気はある？　吐き気があるなら医者に連れてくけど」

吐き気はない、と娘は言った。それはハミダにもわかっていた。

「待ってなさい」とハミダは言った。「もう少しで帰るから」

あとになって、娘が理工科大学で華人の男の子と付き合っていることをハミダは知った。もう半年になるのだという。

「あんたと結婚する気はあるの？」とハミダはたずねた。

娘は首を横に振った。

「大きな罪だよ」とハミダは言った。「とんでもない罪だ」

「知ってるって」娘は呻き始めた。「ほんと恥ずかしいことしちゃった」

「そうじゃない。赤ちゃんを堕ろすのが罪なんだよ。あっちはそんなことを言ってきたりはしてないだろうね」

翌朝、ハミダは娘と話し合った。とりあえず父さんには言わないでおくから、という約束は守っていた。娘に自分の計画のことを話した。

「赤ちゃんは産みなさい。もし彼に結婚する気がないのなら、私が引き取るから」

「引き取るって、どういうこと？」

「自分の息子として育てる」

娘はきょとんとしていた。

「あんたはまだ学校も卒業してない」とハミダは話を続けた。「ひとりで育てるのはむり。私が引き取れば、自分の弟として接すればいい」

その話が娘にはほとんど通じていないことは、ハミダにもわかっていた。自分の子どもときょうだい同士として暮らす？　だが、前の晩にベッドで横になっていたとき、ハミダははっとした。自分も、夫も、娘も、浅黒い肌の色をしている（そして、その華人の男は娘のどこを好きになったのだろうと不思議に思い、奇妙なことに、娘の魅力がしばらく誇らしくなった）。

だが、今度の子は父親似かもしれない。あんたはある日、布にくるまれて華人の家族から渡されたんだよ、という嘘を鵜呑みにしてくれるかもしれない。その子がそれを信じてくれたなら、ハミダの一家もいつか信じるようになるだろう。生まれたときから粉ミルクをあげることになる。ハミダは娘に授乳をさせるつもりはなかった。

娘はゆっくりと頷いた。ぼんやり遠くを見るような目つきは、未来という影が顔にかかっているかのようだった。それに続く数日間、娘はハミダの計画についてあれこれ考え、赤ちゃんを膝にのせた母親の姿を思い浮かべた。バルコニーで、居間で、食事の席で、天井から下がったランプの光の下で。

一週間後、彼女は堕胎手術を受けた。

「ママ、子どもはあげられない」と彼女はハミダに言った。

ハミダは娘が座っているソファをじっと見つめた。目を見つめることはできなかった。

「ママには孫をあげたいから」

娘が口にしている言葉は、ハミダの耳には入らなかった。ハミダは別のときのことを思い出していた。それほど遠くはない昔、娘がそのソファに寝そべって携帯電話を頭上に持っていたときのことを。母親の誕生日プレゼントにと買ったばかりで、着信音を選んでいるところだった。

「これとかよくない？」と娘は言った。「古風な感じだし」

「なんでもいいよ」

娘は呆れた目になった。「ママ、自分の電話なんだから選ばないと」

「わかりやすいのにして」

「ママ」娘は笑った。携帯電話の画面の光が当たって、目が輝いていた。「わかりやすいのなんてないから」

朝の迎え

アミンが中学校に通うようになって二カ月が経ったところで、父親がたずねてきた。

「学校でケヴィンという名前の子を知ってるか?」

「知らないけど」とアミンは言った。「どうかした?」

「ボスの息子でな」

アミンはしばらくそのことを考えた。「どんな見た目?」

「背の高い子だ」と父親が答えつつ、食事をもぐもぐと嚙む様子は、口に入っている米に魚の細い骨が混じっているとでもいうようだった。「眼鏡をかけてる」

平日になると毎朝、アミンの父親は起きると、前の晩に母親がアイロンをかけておいた半袖のシャツとズボンに着替える。アミンが起きてきたときには、もう服を着た父親が台所のテーブルを前に座っていて、お気に入りのベージュ色のマグカップを持っている（とはいえ、父親にお気に入りのものがあるとは、アミンには想像できなかった。そのマグは、父親だけが使えるという威厳を示す品でしかなかった）。アミンがシャワーを浴び終わるころには、父親はもう家を出ていて、濃いブラックコーヒーの香りが台所のひんやりとした空気のなかに漂っていた。

どうして父さんは今ごろになってケヴィンのことを言い出したのだろう、とアミンは不思議だった。父さんが毎朝学校まで送っているのはケヴィンなの、とは訊けなかった。父親が目を合わせようとはしなかったところを見ると、そうにちがいないはずだとアミンにはわかった。

小学校のときに記入した用紙に、両親の職業を書く欄があったことを思い出した。父親のところには「お抱え運転手《ショーファー》」と書いた。得意げにその紙を父親に見せて、「ショーファー」という言葉には外国風の響きがあるうえにつづりも難しいから誉めてもらえるかと思っていた。だが、父親に「運転手《ドライバー》」と書き換えさせられた。

「でもさ父《アヤ》さん、『ドライバー』だったらなんでもありになるだろ？」とアミンは尋ねた。「タクシー運転手とかトラック運転手とかさ」

「別にいい」と父親は言った。「お前の父親がなんの運転手なのか、みんなが知る必要はない」

そのとき、父親の人生には他人に隠しておきたいことがあるのだ、とアミンは気がついた。息子にも隠しておきたいことなのかもしれない。母親がかつて、あれが父さんの運転している車よ、と教えてくれたことがあった。その日、父親は携帯電話を持っていくのを忘れてしまい、家に取りに戻ってくることになったのだ。駐車場にある小ぶりな車やバイクに囲まれて、黒い大型のメルセデスベンツは目を引いた。車から降りてきた父親は不安げにあたりを見回してから、自分の家の窓に目を向けた。母親はアミンを窓から遠ざけて、「父さんに知られてはだめ」と言った。

それから、別のとき、寝室で両親が口論している声が聞こえてきたことがあった。どうやら、もう仕事を辞める、と父親が言い出したようだ。雇い主の妻が友達連中に、「うちのアフマド」と、ちがう名前で紹介したせいだった。言い争いのなかで、父親は、アミンに聞こえるといけないから声を張り上げるな、と母親に言った。

ケヴィンのことを知った翌日、目を覚ましたアミンは寝不足のような気分だった。

父親がコーヒーを淹れている音、ティースプーンがカップに当たる、朝のチャイムのような音が聞こえた。台所に入ったアミンは、ふと嫉妬にかられ、「ケヴィンを学校に送りに行くの?」とたずねそうになった。だが、それを口にすれば、かん高すぎるか責め立てるような、妙な声音になってしまうとわかっていたので、いかにも用ありげにのろのろとトイレに入っていき、アルミの扉に鍵をかけてほっとひと息ついた。

学校までバスに乗っていく途中、アミンは父親がどうやって移動していくのかを考えた。きっと、雇い主の家まではバスに乗っていくのだろう。家に着くと、黒いメルセデスベンツのエンジンをかける。すると、アミンと同じ学校の制服を着た少年が車に乗り込んでくる。おそらくは後部座席に座り、体の横に学校カバンを置くはずだ。

父親はその少年に、アミンについて話をしたことはあるだろうか? そしてその少年は、さして考えもせずに、アミンを連れてくれば一緒に学校に乗っていけるよ、と言ったりしただろうか?

アミンは前を見つめた。バスに乗っている乗客たちの後頭部が見える。目を閉じて、ぼくが黒いメルセデスベンツに乗るとしたらどうなるだろう、と想像してみた。どこに座ればいいだろう。もちろん、父さんに敬意を払って、前の助手席に座ることになるだろう。でもそうすると、同じ学校に通う仲間とはかなり離れてしまう。そうはいっても、後ろに座ることにすれば父さんは前でひとりになり、父親ではなくただのお抱え運転手になってしまう。人ではなく、バックミラーにこそこそと映るふたつの目でしかなくなるように。

自分の息子について、父親がケヴィンに話さなかったのは当然のことだ。だが、ではどうしてアミンにはケヴィンのことを話したのだろう。その話をすることで、それまでは壁の奥に慎み深く隠していた人生の一部をさらけ出してしまったのだから。もしかしてそれは、警告しているか、あるいは頼み込んでいるような言葉だったのだろうか。父親は最終学年で小学校をやめた。ブキ・ティマ乗馬倶楽部で馬の世話をしていた自分の父親が死んだせいだった。いまや、アミンは父親の学年を超えて、教育という面だけを取れば、父親が送り迎えをする人間と同じ立場にいるのだ。

学校にいる、背が高くて眼鏡をかけた少年たちのことを、アミンは考えた。どれがケヴィンなのだろう。自分が父親のかわりに車のハンドルを握っている姿を思い浮かべた。いつでも、どこかのケヴィンが後ろから覗き込んでいるだろう。そしてアミンの仕事とは、しっかり勉強してリードを保つことだ。前にいるというのは、尊厳というよりは、勝利にかかわることなのだから。アミンは思った。父さんに追いついて初めて、その密かなプライドの源に近づくことができるんだ。

浅いフォーカス

プロの写真スタジオで家族写真を撮ろう、と言い出したのは母さんだった。学位授与式を終えたばかりだった僕に、あんたはレンタルした紺色のローブ姿で写らなきゃだめ、と母さんは言い張った。

「いつからうちは華人の一家になったんだよ」と僕は言った。「そんなことするのは華人だけだろ」

「華人の家は子どもを大学に進学させるからでしょ」母さんはぴしゃりと言った。「そもそも、息子が大学を卒業してうれしくない母親なんていないし」

実を言うと、僕が騒いだのは妹に気を遣ってのことだった。美術学校の最終学年にいて、大学に入るつもりはなさそうだった。そのことを、引き伸ばした家族写真という永遠に残る形で見せつけられてもうれしくはないだろうと思った。

でも、妹は別におかまいなしといったふうだった。撮影の前日、妹は「髪を整える」からちょっとお金がほしいと母さんに言った。それで、母さんもヘアサロンに行ってみようという気になった。僕も髪を切ってもらおうかと考えたが、そのうち、切っても意味がないことに気がついた。あのばからしい式帽をかぶることになるのだから。

ビシャンにある我が家の近くのスタジオに、父さんが予約を入れた。家族でそこに行ってみると、ガラストップのカウンターにいる不機嫌そうな女性から、しばらく待つように言われた。数分後、黒いベルベットのカーテンの奥からカメラマンが現れた。僕はその顔をしげしげと見て、言った。「ミン・ヘンか?」

ミン・ヘンは中学校のときの同級生で、成績で最も激しく競争していた相手だった。中学校三年生のとき、彼に抜かれて学年で二位に落ちたときのことを思い出した。母さんは休みに家族でオーストラリア旅行をする予定をキャンセルして、僕が一番苦手にしていた地理のために家庭教師を雇った。次の年、僕は学年トップに返り咲いた。

「おう、久しぶりだな」とミン・ヘンは言った。

「だよな」と僕は言った。それぞれ別のジュニアカレッジ（日本の高校にあたる、大学進学を前提とする教育機関）に進学したあとは、ミン・ヘンとはやりとりがなかった。「ここ、お前のスタジオなの？」

「ちがうんだよ」とミン・ヘンは言った。「俺、フリーランスでやってて。個展のために稼ごうと思ってさ」

僕らはスタジオに案内してもらった。僕はスクリーンの後ろで大学の服に着替えた。それから、ふたつある木製の肘かけ椅子に座るようにミン・ヘンが両親に指示する様子を見守った。その後ろにはスクリーンがあった。横向きに据えつけた円筒から下ろしてきた、巨大な栗色の紙だった。

「金と白の式服か」とミン・ヘンは言った。「工学部だな？」

「そう」と僕は言った。どういうわけか、恥ずかしくなってきた。それまでは下品なだけだと思っていた行為が、同時に無神経なものにもなりつつあった。

家族写真を撮り終えると、ミン・ヘンは、別の背景で個人写真も撮っておきたいかと訊いてきた。

「ただにしとくよ」と彼は言った。「昔のよしみだしさ」

「いいじゃない？　せっかく来たんだし」と母さんは満面の笑顔で答えた。

ミン・ヘンの言う「別の背景」とは、本棚の絵のことだった。僕はミニチュアの地球儀を置いた黒っぽい木の机のそばでポーズを取らされた。ミン・ヘンは僕の居心地の悪い思いに気がついていないようだった。家族で出ていこうとすると、ミン・ヘンは名刺を渡してきた。

「写真を撮ってほしいって友達がいたら電話してくれよな」と彼は言った。「特別料金でできるから」

車で家に帰る道中、僕は無言だった。駐車場が見えてくると、母さんが口を開いた。

「あの子みたいになりなさいって、いつも言ってたの覚えてる？」

「覚えてる」と僕は言った。「華人の生徒をいつも見習いなさいって。あの子たちの秘訣を見つけろって」

母さんは微笑んだ。「それが今じゃ、仕事を見つける手助けを求めてる」

「だからなんだよ」僕は声を上げた。「俺があいつより華人ぽくなったってこと？」

その夜、かなりピリピリした食事のあと、僕は妹の部屋に言った。僕が怒りをぶちまけてから、母さんは口をきいてくれなかった。僕は妹の学校での制作作品、机に広げた大量の写真を見つめた。

「あんなこと言うなんてバカみたい」と妹は言った。「あの人は自分が好きなことをしてるわけでしょ。それって、兄さんよりマレー人ぽくなったってこと?」

「俺が工学をやってて楽しくないって思ってるのか?」

「知らないし」と妹は言った。「楽しい?」

僕は答えなかった。妹が撮った写真を見つめた。花をクローズアップで撮った、夢のような写真で、半透明の花びらの葉脈を光が照らし出していた。

テロック・ブランガー　午前八時

彼女は机を前にして座り、生徒たちのノートに丸つけをしている。すると突然、教室の後ろのほうからくすくす笑う声を耳にする。声のしたほうをにらみつけて、もったいぶった口調で言う。「作文は手でやるんですか、それとも口でやるんですか？」そして、その皮肉が伝わらなかったときのために、「おしゃべりは禁止です」と言う。だが、静寂が支配する教室など、叶わぬ夢でしかない。

思考とは喧しい活動であり、彼女はじきに、ともすれば平凡でがやがやした教室を彩るさまざまな動きを心のなかでリストにしていく。頭をひっかく、鉛筆をコツコツ打ちつける、椅子を揺らす、靴で机の足を蹴る、ページをぱらぱらめくる。そして、奥の隅のほうから、ある女の子のため息が次第に激しくなり、ついにはオーケストラのクレッシェンドのようになったところで、その子は手を挙げ、当てられるのを待たずにこうたずねる。「先生《チェグ》、五百単語に足りなかったらどうなりますか？　もう書くことを思いつきません！」

ポイ捨ての女の子

掲示板に僕の名前が出ていた。この二週間、私服で勤務して、公共空間でゴミのポイ捨てをした人たちを取り押さえていた。同僚たちから、国家環境庁が取り締まりの若手補助人員を募集していると教えてもらったのがきっかけだ。人手が足りないからだけではない。どうやら、人々は環境庁のやり方に気づき始めているようだった。よくあるのは、中年男性の取締官が、タブロイド紙の〈ニュー・ペーパー〉を読みつつ（読んでいるふりをしながら見張りをするにはちょうどいいサイズだ）、若者たちのグループの近くをうろうろしている、というやり方だ。

僕に割り当てられた場所は、バスの乗り換え停留所の近く、円環状にレンガを積んで座席を彫って作ったベンチのところだった。仕事を始めて三日で、一日平均八人の違反者を捕まえてみせた。四日目は雨だった。タバコに火をつける人もいたが、吹かしながら歩いて、屋根のある歩道に沿ってどこかへ行ってしまった。

その何人かのあとをつけてみようかという気になった。灰がフィルターに達するまでカウントダウンして、誰かがうっかり法律に違反する決定的瞬間を待ち構えるのだ。でも、そのせいで僕の仕事は妙にこそこそしたものになってしまった。座席のところに陣取って、片目でちらちら見ていたら、スパイというよりは目撃者になってしまう。

もう夕暮れというところになって、ようやく晴れた空になった。僕のいつもの席は濡れていた。でも、レンガのところにはまだ何人かがたむろしていた。そこはただの休憩場所というよりは、ランドマークであり待ち合わせスポットになっているようだった。ふと僕は気がついた。こうして観察できるのは、自分がよそ者だからだ。上空から眺めているみたいなものだ。

不良っぽい少年がタバコを吸い始めたとき、さあ来たかと期待した。でも、吸い終えた少年はポケットから財布のようなものを取り出した。携帯用の灰皿だ。指で弾かれた吸い殻が宙返りして、僕から見ていかにも男っぽい投げやりな光景を作り出すことはない。ちょっと拍子抜けだった。

するると、音に敏感になっていた耳に、ライターがパチンと開く音がして振り向いてみると、若い女の人が一服していた。昔の同級生のお姉さんを思い出した。みんなでよく、その同級生の家に勉強しに集まっていたけど、なぜかはお察しのとおり。あるとき、お姉さんのブラジャーがトイレの張り出し棚にかかっているのを僕が見つけた。レースが入った、黒く、罪深いブラジャーだった。一緒に来ていた勉強仲間にそのことを言うと、みんな順番にトイレに行った。勉強はあまり進まなかった。お前ブラジャーの匂い嗅いだだろ、とおたがいをなじり、みんな順番に告白しては、そのあと撤回していたからだ。僕らが真実を受け渡したりなすりつけ合ったりしている様子は、焼けつくような丸まったブラジャーそのものを投げ合っているかのようだった。

その女の人も携帯用灰皿を取り出してくれたら、と思いそうになった。でも、彼女は吸い殻を指先から歩道に落とした。そこから立ち去るのを確かめて、僕は追いついた。

「すみませんが、急いでいるので」と女の人は言った。言い訳というよりは、心から謝っているような口調だった。大きな目で、濃いまつ毛は長さがそろっていた。魅入られてしまいそうで、その目をしっかりと見つめることができなかった。僕は環境庁からもらった取締許可証を出して、彼女に見せた。

その女の人はため息をついた。どうしてか、彼女はそのカードをしげしげと見て、僕が何者なのか確かめようとするものだと思っていた。でも、どうやら、彼女からすれば出頭命令がもう出たようなものだった。審判からレッドカードを突きつけられたのだ。

「ついさっき、あちらで喫煙していましたね？」

彼女は髪をさっとかき上げて、左耳の後ろに撫でつけた。女の子が緊張しているときに見かける仕草だ。その耳の後ろはどんな匂いだろう、と僕はふと思った。

「どうでしょうね」と彼女は言った。「なにか証拠でも？」

「僕が見ていたのが証拠です。来てもらえますか」吸い殻を捨てた場所に彼女を連れていった。ところが、彼女はその吸い殻を靴で動かして、落ちているほかの吸い殻と混ぜてしまっていた。

「こんなにたくさんあるのに、どれが私のかわからないでしょ」

僕にとってはラッキーなことに、口紅がついた吸い殻が一本だけあった。それを拾い上げて言った。

「この色がどこでついたのかはわかりますよね。それでもちがうとか言えます?」

どうしてそんな生意気な口をきいたのか、自分でもわからなかった。どこでそんな言葉を覚えてきたのだろう。

「身分証を見せていただいても?」と言ったのは、雰囲気を和らげようというよりも、丁寧な口調になれるのだとわかってもらおうとしてのことだった。

「罰金になりますか?」と彼女はたずねた。「今月はほんとにお金がないんです。すみません。切符をもらって、捨てるだけになります。罰金はいくらですか?」

「二百ドルです。身分証を見せていただいても?」僕ののどはからからだった。

すると、彼女はマレー語に切り替えた。「おにいさん《バン》、もう一度だけチャンスをくれない?」

そんな美人とやりとりするのは初めてだった。かわいい店員やウェイトレスと話をしたことはあったけど、こんなに近かったことはない。近かった、というのは、彼女の弱い立場がちょっとした親密さを生んでいたということだ。僕のことを、「アバン」を縮めて「バン」と彼女は呼んだ。その言葉は、妻が夫に呼びかけるときに使う言葉でもあった。

「ほんとに、二度としないから。注意だけにして。約束する」

僕が彼女に求めていたのは、そんな約束ではなかった。約束してほしかったのは、また彼女に会えるということ、あるいは彼女みたいな人に会えるということだった。ただし、そういう出会いを生むような大げさな違反やばからしい罰則はなしで。女たちが僕を外見で決めつけたりせず、車の往来や人混みのなかに溶け込ませてくれる、という約束をしてほしかった。いつでも僕にもう一度チャンスをくれると、女性を代表して約束してほしかった。

僕は彼女の名前を書き留めた。そして住所も。二週間後に通知が届きます、と伝えた。不正な手段で得たわけでもないのに、彼女の情報は自分の手元には置かなかった。でも、彼女が捨てた吸い殻は持っていた。

ときどき、ショッピングセンターに行って、吸い殻についたのと同じ色を見せてほしいと頼んでみる。僕がなにかロマンティックな計画を立てているのだと思う店員もいる、でも、もっと面白いのは、そうした色合いについた、凝った名前だ。新しい色の名前を知るたびに、彼女について新しいことを知ったような気になる。

グアバステイン。パリジャンピンク。オールハート。ストロベリースウェード。クレイビング。

歌か詩の言葉がばらばらになったような名前だ。そこからなくなった言葉を、僕は決して見つけ出すことはない。

ハントゥ・クムクムのお話

ラザリはボディビルダーだった。知り合いのボディビル仲間とはちがい、彼の体はこねて理想の形にしていく粘土というよりは、生まれつき荒々しくて反抗的なものだった。少しでも警戒を緩めれば、脂肪による反乱が勃発してしまう——腹回りに集まって行進してだぶつかせるか、あご付近での座り込みを組織して連帯を見せつけるか。ラザリからすれば、自分の体は芸術家による力量と材料との対話から生まれた作品ではなく、君主の絶対的な勅令に従う臣下だった。

自分の体を服従させようと決意したのは、中学生のときだった。制服姿の集団にいて行進の練習をしていたところ、友達の目の前でこう怒鳴る鬼教師に屈辱的な思いをさせられたのだ。「腹を引っ込めて胸を張れって言ったんだ！　逆じゃないぞ！」その日はずっと、お腹を引っ込めていたが、力を緩めるたびに内臓が腹の壁を押してくるのが痛いほどわかった。潜水艦の乗組員たちがラザリのへそを潜望鏡として使い、外の世界を眺めようとしてくる。

そこで、ラザリは体を要塞化するという解決策を見つけた。筋繊維を整えていけば、奥にある体は目に見える体に対して、自分のデザインプランを押しつけることができなくなるだろう。肉を締め金やコルセットやガードルに変えることができる。ラザリはサプリメントを摂取するようになり、コミュニティセンター（運動施設や図書室などを備えた総合施設）にあるジムに週四回通った。すると三年のうちに、資格のあるフィットネストレーナーになっていた。Tシャツの袖を裂いて着て（袖の縁はわざとギザギザにして、凶暴な上腕二頭筋の力で破れてしまったように見せていた）、卵の黄身や鶏肉の皮を見れば吐き気を催し、クラブで用心棒のバイトをしていたときにただで入れてやっていた常連の女性と結婚した。

ラザリが負荷の高いトレーニングメニューを始めたのは、ここ一カ月ほどのことだった。最近になって都市部にある新しいジムに入ったところ、まわりにいるベテランたちは、ボディビルの道を精密な強迫観念に変えていた。苦しむしかめ面が鏡によって何重にも映るように、かれらのやりとりも、仰々しくて繰り返しの多いものになるように思えた。話すことといえば、胸回りが何センチ大きくなったとか、クレアチン一水和物の副作用といったことばかりだった。

もちろん、ラザリの妻は、夫の落ち着かない様子に気がついた。疑う気持ちはあれど、夫にご馳走を出し、必死なほど信心深い者たちでも神々にこんな捧げ物はしないのではないかと心のなかで自問した。ベッドに入ると、ラザリは同僚たちについてよく愚痴をこぼした。巨漢ザカリヤのベンチプレスの偉業は、空中浮遊レベルの奇跡にあと一歩というところまで来ている。それに、俺みたいにちっぽけな男が、どうやってムーラドとマイディンの双子兄弟と肩を並べることを夢見られるというんだ。なにからなにまで瓜二つという利点を活かして、ごく自然な兄弟のライバル関係を自分たちの糧にできているというのに。

ある日、夫を仕事に送り出したあと、ラザリの妻は冷蔵庫を開けた。キルトのようになった白い冷気も、満腹を知らない夫のためにため込んだ低俗で気前のいい食べ物を隠しはしなかった。突然、ラジオのニュースで、クムクムについてのリポートが耳に入った。ニュースキャスターは、クムクムがジョホール海峡を越えてきて、今ではシンガポールをうろつき回っているという噂を鎮静化させようとしていて、リスナーたちの理性と常識に訴えかけていた。

ハントゥ・クムクムは、処女の血を求めて家庭を襲う幽霊である。もともとは、美しくなりたいと呪術医《ボモ》に相談した女だった。呪術医は霊薬を飲ませたが、ひとつだけ、三十日間は鏡を見てはならないという条件をつけた。しかし、しだいになめらかになっていく顔の輪郭に触れるたび、湧き上がる好奇心に悩まされ、女は二十九日目にこっそり自分の姿を見てしまった。

鏡にはひび割れが入った。そして、女の顔にも。自分の堪え性のなさのせいで、切り傷を負ったのだ。人間の姿を取り戻すには若い女の血を飲まねばならず、そのため女はスカーフをかぶっておぞましい顔を隠し、次々に家を訪ね歩く。どれだけの量の血を飲めば、完全に元の顔に戻ることができるのか、それはクムクム本人も含めて誰も知らないため、クムクムの使命は永遠に終わらない不毛なものになってしまう。

だしぬけに扉を叩く音がして、ラザリの妻は現実に引き戻された。いや、ひょっとすると非現実のさらに深くに引き込まれたのかもしれない。迷信深く、彼女は扉の覗き穴に目を当てて、玄関先にはスカーフをかぶった女がうつむいて立っているものとなかば覚悟した。そこにいたのは夫であり、いらいらした目で凸状の覗き穴を覗き込んでいた。ラザリの妻は、その小人のような姿に気がついた。両側の廊下が、それぞれ括弧のように夫を囲んでいる。うぬぼれを治せるのはただひとつ、なだめることのできない本性をあらわにする呪いなのだ——目減りしていく夫婦の貯金、減退していくラザリの性欲。治す必要があるのは、夫の体ではなく、邪悪な共謀の色が宿った夫の目なのだ。

証拠

ラディアは腕時計を見た。スリアティはもう仕事を終えて、家に帰っているだろう。彼女は深く息を吸って、扉をノックした。

「こんばんは《アッサラーム・アライクム》」と彼女は声をかけた。

扉を開けたのは、スリアティの息子のひとりだった。その子は小学校三年生で、前の年の最終試験をどうにか合格していた。

「ママ《マッ》！」と彼は居間に向かって叫んだ。「ムスリム教師の女の人《ウースタザ》が来てるよ！」

ワンピースの両側で濡れた手を拭きながら、スリアティが現れた。門の南京錠を開けてもらうとき、石鹸の匂いがふわりとラディアに漂ってきた。黄色い長方形のブロックから切り出してきたたぐいの石鹸独特の匂いだった。洗濯機が登場する前は、洗濯用によく使われていた石鹸だ。

スリアティにローズシロップを出してもらうあいだ、ラディアは台所をさっと盗み見た。洗濯機が見えた。故障中だろうか。

「息子さんたちはお元気？」と、グラスをすすりつつラディアはたずねた。ローズシロップは甘すぎたが、落ち着いて飲み込んだ。

スリアティは息子たちのほうを振り返った。ふたりは台所で醬油をかけたご飯と炒り卵を食べていた。

「元気です。下の子はおねしょもしなくなって」とスリアティは答えた。

「よかった。どうやって止めたの？」

スリアティは微笑んだ。「よくわかりません」と言った。「ある日、もうしないと決めたみたいで。母親がかわいそうだと思えるくらいには大きくなったということかも」

単刀直入に切り出すほうがいいだろう、とラディアは思った。「先月は一度もご主人を訪ねていませんね。ご主人はずっと会いたがっていますよ」

「忙しかったので」とスリアティは言った。

「ご主人に必要とされているのはわかっているでしょう。面会に来てくれるのをいつも楽しみにしているんです」

スリアティはまた微笑んだ。「じゃあ、私は？　私にも夫が必要だとは思わないんですか？」彼女の自己憐憫の思いはねじれて、怒りに変わっていく。「いつ夫を釈放してくれるんですか？　二年間入れておいて、まだ夫に準備ができていないと言ってまた二年、もう二年と延ばして。いつ終わるんですか？」

「しっかりと確かめる必要があります」とラディアは言った。「ご主人があんなことを二度としないように――」

「あんなことって？」スリアティは話を遮った。「最初にここに来た何度か、私がパレスチナについてどう思うかと先生は訊いてきましたよね。イスラエルについて。アメリカや、イラクについてどう思うかと。夫にもそういう質問をするんですか？　どうして六年間も同じ質問をするんです？（訳注　二〇〇一年から二〇〇二年にかけて、シンガポール国内でテロ攻撃を計画したとして、イスラム主義組織の約三十名が拘束された）」

「ご主人がどんな質問をされているのかは知りません」とラディアは言った。「私は面談には同席しませんから」

「じゃあ、なにが正しい答えなのか教えてくれません？　教えてください。今度夫に会ったときに、どう答えたらいいのか伝えます」

「口では正しいことを言えるでしょう。でも、本心から言っているのかどうかを確かめねばならないのです」

スリアティはラディアをにらみつけた。声を低くして話し始めた。

「自分ではない人の心の内を、どうやって確かめるんですか？」と彼女はたずねた。

「私たちは神ではないのに」

ラディアは、話がもともと目指していた方向からすっかり外れてしまったと思った。

「今月はご主人の面会に来てくれますね。あなたや息子さんたちにすごく会いたがっています」

「むりです」とスリアティは答えた。「こんな生活はやっていけません。先生とちがって、私は教育を受けていない。先生たちが総がかりでも、私に見つけられる仕事といえばせいぜい掃除婦くらいしかありません」

「ほかにお手伝いできることはありますか」とラディアは言った。

「息子たちには父親が必要です」とスリアティは言った。「もし、夫にそれを期待できないのなら、別の人にしないと。離婚を求めようと思います」

それから一時間かけて、ラディアはどうにかしてスリアティに思いとどまってもらおうとした。政府はご主人を永遠に拘束しておくことはできないのです、と何度も言った。永遠に拘束されるのは共産主義者だけだし、ご主人はそれとはちがいますから（訳注　シンガポールは治安維持法により、危険分子を「共産主義者」として取り締まってきた）。釈放されれば、仕事を見つけることはできます。そうすれば、また家族を養っていけますよ。

帰宅する途中、ラディアはこれから書かねばならない報告書のことを考えた。更生委員会は、スリアティが自分の道を進むことにしたと知ればいい顔をしないだろう。家族の元に帰らせてやる、という約束のおかげもあって、夫は収容所で協力的だったのだ。

でももし、スリアティの離婚の話がすべて作り話だったとしたら？　もしかすると、夫を釈放するようにというプレッシャーをそうやってかけていたのかもしれない。スリアティが正直に話をしていたのかどうかは疑わしいという自分の感覚を、報告書に書くべきだろうか？

胸に忍び寄る疑念に、ラディアは気がついた。最初に玄関扉を開けたとき、スリアアティの息子もそんな気持ちだったにちがいない。その子の体は半分隠れて、目はラディアの顔をうかがい、なにかの徴を探していたではないか。

タンジョン・パガー　正午

昼休み。彼はそれまで三時間我慢してきたタバコを楽しみにしている。中学校のころからの習慣だ——仲良しのいとこ同士であるしつけと我慢という試練のあとには褒美が待っているが、今は、ビスケットの箱から出すのは人参ではなく、マルボロ・メンソール・ライトの小さな箱だ。ポケットを手で探って、ライターを忘れてきたことに気づく。

タバコを下向きにくわえたまま、彼はエレベーターで降りていき、〈ママ両替商〉に立ち寄ってみるが、そこでもライターは切らしてしまったと言われる。道路を横切り、信号にうまく間に合い、走り出す。オアシスを探す男。くわえたタバコは占い棒のように小刻みに震えているが、求めているのは水ではなく、火だ。

穴

お昼を食べ終わって少ししたころに、扉をノックする音がした。開けてみると、男がいて、礼儀正しく挨拶して封筒を渡してきた。二十四時間以内に遺体を引き取ってください、引き取り手のない場合は国による埋葬が行われます。俺はショックを受ける心境ではなかった。この一週間、それに対する心の準備をしてきた。封筒を受け取るときも、両手を震わせたりはしなかった。俺が受け取ろうとしている封筒にはなんの重みもないんだ、と自分に言い聞かせた。

男は思っていたよりも早く立ち去った。俺にひとりで悲しみを嚙みしめてもらおうと考えたのかと思うと気に食わなかった。悼むべきものなんかないことを、あの男はわかっていない。息子とはもう何年も口をきいていなかった。母親とはちがって、刑務所にいる息子に面会に行くこともなかった。その男がもうしばらくいたなら、俺は目の前で封筒を開けただろう。落ち着いて開封し、読み終えたら男をまっすぐ見つめて、ありがとうと言っただろう。

だが、俺が落ち着いて行動していると思ったとしたら、それは間違いだ。落ち着きとは、自分の感情をしっかりコントロールできていることだ。だが、さっきも言ったように、俺にはもう感情はなかった。落ち着きというよりも無感覚だった。俺はかなり前から、起きていることはすべて宿命の結果なのだと思うようにしていた。縄で吊るした人形のように俺の息子を捕らえているのも、これまた人形のように俺の両手を動かして封筒の端を破らせているのも、宿命のなせるわざなのだ。

封筒のなかには一通の手紙が入っていた。息子のピンク色の身分証もあった。俺は手紙を脇に置いて、身分証をじっと見つめた。そうか、死んだ男というのはこういう顔をしているわけだ。息子の目元には隈があった。どこかぼんやりした顔つきで、カメラのシャッターを切ってもらう準備ができていない表情だった。

そして、名前があった。

俺の名前も。息子の名前とは「ビン」の一言で隔てられている（訳注　マレー人男性の名前は「本人の名＋ビン＋父親の名」が通例）。

息子の人種の情報。

生年月日。

出生国。

裏には、身分証の番号。

俺たちの家の住所。

だが、なによりも目を奪われたのは、その身分証にひとつだけ開けられた小さな穴だった。その身分証はもう使用できないことを示すための穴だ。誰かにその手の身分証を見せるとなれば、親指と人差し指で穴をつまみ、キズ物を持っているとは誰にも悟られませんようにと祈ることになる。

ふと、息子がそうやって身分証を持ち、まだ生きている人間のふりをしようとする姿が目に浮かんだ。いかにも息子がつきそうな嘘だ。想像のなかでそうしている息子は、あのひねくれた笑顔になっている。いつもあの笑顔を使って、俺たちを言いくるめていた。僕は変われるよ、ちゃんと話を聞いてるよ、すべてうまくいくからさ、と。

俺は怒りを覚えた。

怒りの矛先は、その穴を開けた人間に向いた。クレジットカードを破棄するときに、大きなハサミで真っ二つに切っているのを見たことがある。どうしてこの身分証も切ってしまわないのか？　どうして、あっさりしたきれいな穴を開けたのか？　酸の小さなしずくのような怒りが肌を焼き、肉を貫き、骨のなかにまで達するのがわかった。

息子はもういない。目の前に、ひと続きの輪、きれいな円がいくつも見える……遊び場の輪郭、俺たちの住む建物の下にある石のテーブル、息子の首を締めつける縄、まだ赤ん坊だった息子の口の形が、あの小さな穴に縮んでいく。その穴から、自分の体が一滴また一滴と漏れ出ていくのがわかる——いつの日か、その向こう側で、息子と一緒になるのだろう。

清め

正午過ぎの礼拝を終えてすぐ、ズールはその家に呼び出された。読んだのはかつての教え子マリクだった。

「ズール先生、どうすればいいのか俺たちにはわからなくて」とマリクは言った。

「どうしたんだ?」とズールはたずねた。

「こちらに来て、見てもらわないと」

その共同住宅に行ってみると、ほとんど客がいないことにズールは気がついた。母親に紹介された。大柄な女性で、目の周囲には隈があり、コーヒーの染みの色になっていた。体を横に揺らしながら、よちよちと彼に向かって歩いてくる様子は、歩くという動作でそれぞれの足を床から引き抜くせいで痛みが出るとでもいいたげだった。

「ズール先生、来ていただけてなによりです」と母親は言った。その声にズールは驚いた。少女のような高い声だった。地声なのか、それとも何時間も泣いて疲れ果てたせいで声音が変わってしまったのか。すると母親は、台所のほうを身振りで指した。マリクと助手たちが集まっていた。

ズールは遺体を寝かせてある金属製の浴槽に近づいた。男性で、おそらくは三十代だが、頬が落ちくぼんでいるせいでもっと老けて見える。ズールは、かつては死者の浮かべる表情に自分がすっかりうろたえてしまったことを思い出した——実際には、そこには表情というものがなかったからだ。

ズールはマリクに、遺体にかかっているバティクサロンを外すよう指示した。そして現れた光景に、ズールの目は釘付けになった——マリクは豹をあらわにしたのだ。その男の全身は、赤紫がかった斑点で覆われていた。誰かがその男の体じゅうに、ただし内側からタバコの火を押しつけたせいで、こぶが浮き出てきたかのようだった。

「どういう予防をすればいいのかわからないんです」とマリクは言った。その両方の前腕に鳥肌が立っていることにズールは気がついた。自分の前腕を見てみると、やはり鳥肌が立っていた。

「みんな手袋を持っているんじゃないのか?」とズールはマリクに言った。

「持ってます」とマリクは言った。「でも、二重にはめたほうがいいでしょうか?」

「一重でいいだろう」とズールは言った。

そんな状態の遺体を目にするのは初めてだった。浴槽のまわりに集まったみんなの口から出かかっている言葉が、ズールにはわかった。かれらの目に浮かぶ恐怖がわかった。人は死んでいても、病気はまだ生きているのではないか、という恐怖だ。

マリクに水の出ているホースを持たせ、ズールは遺体をこすり始めた。まずは右肩、そして腕に下りていき、脇腹、太もも、ふくらはぎ、そして足。左半身にも同じことを繰り返した。最初は、ゴム手袋越しでもわかる病変の手触りに、ズールは身震いしたが、男の左膝にさしかかるころには、もう虫唾が走ることはなかった。汗が出てきて、微風もあいまって気持ちが落ち着いた。

遺体を少し傾けて支えておいてくれ、とズールは助手たちに頼んだ。遺体の腹を揉んで、排泄物とガスを出させた。男は痩せていて、腰回りは二枚貝の内側のようで、その上にあばら骨の下側が屋根としてかかっていた。遺体を載せているすのこ板のあいだから茶色い液体が流れ、浴槽の底にピチャピチャと当たると、助手たちは目を背けた。バスルームに引いてきたホースから出した水が、それを洗い流した。

二回目の洗浄には石鹼が、三回目にはショウノウを混ぜた水が使われた。そのうちに、ズールはよく死者の手入れをしていたときの力の入れ具合をようやく思い出した。魂が出ていったことに体はまだ慣れていないので、あまり荒っぽくしてはならず、ただし、より具体的な汚物などに対処せねばならないことを考えれば、あまり優しすぎてもいけない。

ついに、遺体は白い布に包まれ、見えるのは顔だけになった。ほんとうに表情はないのだろうか。穏やかさにせよ満足感にせよ、たいていの場合、死者の表情とは生きている側がそこに見出すものだ。だが、こうした遺体は見知らぬ人たちだったので、ズールがよく見かける表情は苦しみだけだった。そして、ほかよりも苦しんだ人たちを見てきた。

自分の病の進行か、最後の数年間は人に避けられるようになったことか、この男にとってはそのどちらがより苦しかったのだろうか。居間に入ると、ズールは男の母親と少し話をした。

「息子さんを清めました」とズールは言った。「きれいになりましたよ」赤の他人が遺体に触れたのだから、家族もそうするべきだと言いたかった。だが、家族はどうすべきかわかっているだろうという気がした。少なくとも、よくあるように、誰かが男の額に口づけをして送り出してくれるだろう。天使たちが男を目にするとき、体についた印はそれだけになる。

送り出し

高齢になってきたシン（訳注　「シン」はインド出身およびインド系のシク教徒に多い）の後継として名前が挙がった看守ふたりに、ダフランの名前が入っていた。その知らせを聞かされたダフランは、勤務時間を終えたシンを見つけた。金曜日だった。ふたりの男は刑務所の簡易食堂で腰を下ろした。壁のずっと上のほうについている窓からは、紺色の空が見える。コップを置いたあとの水のしみのような、頑固な三日月がちらりと見えた。じきに日光に消し去られるだろう。

「シンさん。俺を指名したって聞きました。もうひとりは誰なんです？」

「おまえは知らないだろうな。別の刑務所で働いてるやつだ」

「じゃあ、そいつにすればいいんじゃないですか？」

「今でもおまえが第一候補だよ。そいつはな、おまえが引き受けなかったときのための保険なんだ。けどな、ここだけの話、そいつを心底信頼できるわけじゃない。借金もあるって話だしな。ギャンブルかなにかの借金だ。そんなわけで、そいつが引き受けるとしても金目当てだろうな」

ダフランは微笑んだ。「で、俺は引き受けないと？」

「おまえのことはわかってる。その仕事を受けるなら、ちゃんとした考えがあってのことだ。俺たちにはみんな果たすべき役割ってものがある。小さいころ、真面目に勉強しないと道路掃除夫にしかなれないよってお袋に言われてたよ。でもな、誰も道路を掃除しなかったらどうなると思う？」

「でも、今の仕事は道路掃除よりもよっぽど真剣勝負じゃないですか」

「そりゃそうよ。けどな、俺の仕事のおかげで、シンガポールは世界でも指折りに治安のいい国なんだ。この国をきれいにしておくにも安全にしておくにも、誰かが汚れ仕事をしなくちゃならない」

二日後、ダフランはある部屋に連れて行かれた。隅にあるストーブの上には、大きな鍋がふたつ置かれていた。テーブルもあり、石鹸が一列に並べられ、包装紙はまだ破られていなかった。ダフランはその包装デザインをちらりと見た。タンクトップ姿の女性が、にこやかな笑顔を見せている。

「さて、ここが縄のやり方を学ぶところだ」シンはくすくす笑って言った。「この仕事をやれるのは男のなかの男だけだとみんな思ってるが、ご覧のとおり、ここでの俺はただの主婦さ。そして、この部屋は専用の台所でもある」

シンはダフランに説明した。まず縄は茹でてから準備することで、「弾力をもたせすぎない」ようにする。それから、輪の結び目は石鹸でこすって、摩擦を最小限に抑える。美容石鹸を使うことにしたのはなぜなんです、とダフランはたずねた。

「心地よくしてやりたいだろ。そいつの首に縄をかけるときに、この香りがしたらいい感じかなと思ってな。気持ちが落ち着くと思わないか？」

「でも、布の袋を頭にかぶせてから、縄をかけるんじゃなかったでしたっけ？　袋の上からでも匂いがわかるものなんですか？」

「おう、それも俺の仕事だ。その布袋のなかに石鹸を一個入れておく。そしたらいい匂いが残る。ほら、いい匂いだとリラックスできるって研究も出てるだろ。アロマセラピーみたいなもんさ」

ダフランはぼんやりと頷いた。自分の最後の息を包む香りが——ここでまた並んだ石鹼をちらりと見た——「花びらタッチ」という名前だというのはどんな感じなのか、想像してみようとした。

「といっても、こんなことをやる必要はなくってな。大事なのは、縄をきっちり準備しておくことだ。けど、ちょっとだけ特別なことをしてやりたくてな」

それから、ダフランは別の部屋に案内された。中央が木の床になっていて、落とし戸が三つあった。シンは床と天井についている金属製の輪のフックを見せた。

「あっちの壁に落とし戸用の赤いボタンがあるだろ。すごく簡単なんだ。A、B、Cとラベルがついてる」

なにかのゲームショーみたいだな、とダフランは心のなかで呟いた。笑い声の音声がついているが、それを録音した人たちは、もうこの世にはいない。

「一度に三人を絞首刑にしたりするんですか?」とダフランはたずねた。

「そりゃそうよ」とシンは答えた。「そのほうが効率がいいからな。一人ずつ吊るしてたら、みんなを待たせてしまう。検死官とかな。検死官はここに長居はしたくないだろうからな」

ダフランはその時短の努力は無視した。不気味な笑い声の音声に混じって、ひとつだけ生の声がある。シンの声だ。「つまり、もがいたりすることもある？」

「ときどきな。でも、いつもは一瞬で終わる。きっちり計算がしてあって、体重やら縄の長さやらをちゃんと測ってあれば、大丈夫なはずなんだ。前にハンストをやった野郎がいてな。毎週体重を計らなくちゃならなかった。あのときは苦労したな」

そのあと、簡易食堂で、シンは米と牛肉のルンダン（訳注　牛肉の塊をココナツミルクとスパイスで煮込んだ、マレー系ムスリムの料理）を頬張るあいまに、自分の仕事について詳しく語り始めた。

「薬物の注射とか、銃殺とかじゃだめなんだ。自然なやり方じゃないだろ？　昔ながらのやり方が今でも一番だよ。考えてみれば、自分の体重が原因で死んでいくわけだろ。慣れないものを体に入れるわけじゃない。毒も、銃弾も、ガスもなしだ。それに、なにかいいことをするチャンスもやれる」

「いいことってどんな？」

「希望すれば、臓器を提供できる」

「シンさん、どういうふうにやるんです？」

シンはグラスに入ったお茶をすすった。「縄をかける前に、言葉をかけてやる。『もっといい場所に送ってやるからな』って言う。頭がまともなやつらは、俺の言ってることが真実なんだってわかる。刑務所に一生いるよりもましだ」

「でも、もっといい場所が待ってるってわかるんですか？　シンさんはムスリムなんでしょう？　じゃあ、天国か地獄かのどっちかになる。そいつらがどっちに行くか、どうやってわかるんです？」

「俺がムスリムだって、どうして知ってる？」

「マレー人の女の人と結婚するときに改宗したって聞きましたよ。奥さんはこの仕事のことをどう思ってるんです？」

「俺がなんの仕事をして稼いでるか知って、あいつは出ていったよ」

すると、そのときシンは信仰を捨てたということなのか。たずねてみたかったが、シンの顔が急に暗くなったのを見て、ダフランは口には出さずにおいた。

一週間後、ダフランは辞表を提出した。簡易食堂でシンと会った。できればそれを最後の別れにしたい、とダフランは思っていた。

「女房に捨てられた話はやめておけばよかったな」とシンは言った。「そのせいで、家族にどんな目で見られるか心配になったんだな」

「シンさん、俺の妻は二年前に死んだんです。誰かに捨てられるなんて心配はない。怖いものがあるとすれば、別のものに見捨てられるってことです」

「なんのことだ？」

「うまく言えてるかどうかはわからないですが、でもたぶんこれだな。俺の良心ですよ」

「別に仕事をやめなくてもよかったじゃないか。もう長いことここにいたのに。それに退職金だってもらえなくなる。それで、この先どうするつもりだ？」

ダフランは微笑んだ。ある意味では、組織のはらわたをさらけ出してくれたシンに感謝していた。その闇は、あえて盲目になるという呪いを受けた者だけが動き回れるような強大なものだった。

「もっといい場所に自分を送り出しますよ」

パシ・パンジャン　午後三時

交番に入ってくるとき、彼女の物腰には頼りなげでびくびくした雰囲気があり、それを見たふたりの警察官は、「なにがあったにせよ、この女は無実だ」と心のなかでつぶやく。ふたりの視線を浴びながら、彼女は壁に貼ってある犯罪防止キャンペーンのポスターを見つめ、両手でハンドバッグを固く握り締めている。外は晴れているのに、まるで雨が降るなか入ってきたかのような雰囲気が、彼女の全身から発せられていて、温もりと人との交流を求める気持ちがにじみ出ている。職階が上のほうの警察官が先に口を開いて、「どうかしましたか？」とたずねる。その女性は謎めいた微笑みを浮かべて、首を横に振ると、日が差す外に出ていく。

その夜、警察官のどちらかは（あるいはふたりとも――彼女は男たちに同じ思いを抱かせるような女なのだから）、捜索願を出してから寝床につくことになるだろう。

吠え声

ザイトンが初めて見かけたとき、シンタは雇い主の犬の散歩をしていた。シンタは通りの二軒先にある、四十代で子どものいない夫婦の家事手伝いをしている女だった。シンタ自身は二十代で、夫と小さな子どもふたりは東ジャワ州（訳注 インドネシアのジャワ島東部に位置する州）のパチタン県にいた。

ザイトンとその夫婦は、会釈する程度の間柄でしかなかった。ザイトンがその夫婦について知っていることといえば、夫が栗色の大きなメルセデス・ベンツを運転していて、妻は料理をしない、というくらいだった。車が屋敷から毎晩出ていくところを見るに、その夫婦は外食をしているのだろう。

　ザイトンが庭の草木に水をやっていると、シンタが門を通りかかり、微笑みつつも、どうにか犬を抑えようとしていた。ジャーマンシェパード犬で、口の横からだらりと垂れた舌は、ピンク色の長い風船がしぼんだようだった。

「すみません《イブ》、ちょっとお訊きしてもいいですか？」

　インドネシア語で「イブ」とは、年長の女性への敬称になる。だが、マレー語では「母さん」の意味になる。ザイトンはすぐに、シンタに対して母親めいた気分になった。

「なにかしら？」とザイトンは言った。

「このあたりで粘土が手に入るところはないかと思って」

「なんのための粘土？」

「この犬の世話をしたあと、体を清めたいんです。触らないようにはしてますけど、どうしてもむりなときもあって」

　ザイトンには事情がわかった。ムスリムにとって犬は不浄な動物とされるため、犬と接触することは禁じられている。もし犬を触ってしまったら、「セルトゥ」と呼ばれる洗浄の儀式を行わねばならない。触れた部分を水で数回洗うだけでなく、粘土と水を一対六で混ぜたものでも洗うしきたりになっている。

「これが自分の村なら、粘土なんてどこにでもあるんですけど」とシンタは言った。

「ここだと、どこで探せばいいのかわからなくて」

「ちょっと考えてみるから」とザイトンは言った。「今度の日曜日に会いに来てくれる?」

日曜日の朝、シンタはザイトンの家を訪れた。シンタを雇っている夫婦は教会に出かけていた。ザイトンはビニール袋を開けて、それぞれ白い箱に入った石鹼を三個取り出した。

「ジョホールまで行って手に入れてきたから」とザイトンは言った。

「なんですか?」

「セルトゥ石鹼」と、彼女は誇らしさをにじませて答えた。「最近ではなんでも現代的だから。きっちり測った粘土と水が石鹼に入ってる。マレーシアのイスラム当局にも認可されてる」

「イブ、ほんとうにありがとう」とシンタは言った。「ちょうど今朝は犬の体を洗ったところなんです」

ザイトンは不快感をどうにか顔に出すまいとした。「雇い主の人たちに犬の体を洗わされたってこと？」とシンタにたずねた。

「犬は自分では体を洗えないですから」

「そりゃそうだよ」とザイトンは言った。「でも、あんたがムスリムだってことは、あの夫婦も知ってるだろう？　家では礼拝してる（シンガポールの家事手伝い労働者は基本的に住み込みで働く）？」

「もちろんです」とシンタは答えた。そして実際に礼拝していることを証明すべく、ザイトンの台所のほうを指すと、「あっちがメッカの方角でしょう？」と言った。

「そう。礼拝用のマットとか、なんでも必要なものがあれば言ってくれたらいいから。この家にはたくさんあるからね」

その翌週、ザイトンはまたシンタと会った。同じムスリムとして、シンタの仕事に犬の世話が入っているのが気がかりだ、とザイトンは言った。

「夫に話してみた」とザイトンは言った。「うちにはメイドは必要ってわけじゃないけど、あの家から出ていきたいなら、うちで雇ってもいいよ」

「でもイブ」とシンタは言った。「もらった石鹸を使ってますから。ほんとに大丈夫なんです」

「そうだね、シンタ」とザイトンは言った。「でも、石鹸を使えば問題の根っこがなくなるわけじゃない。問題は、雇い主はあんたよりも犬のほうをよっぽど大事にしているってことだよ」

次の日の晩、シンタの雇い主がザイトンの家の門の前に現れた。その男が誰なのかわかると、ザイトンは慌て始めた。面と向かっての対決はいやだった。この男はきっと、他人のことに首を突っ込むなと怒鳴り出すだろう。

「すみませんが、夫は今おりませんので」と、ザイトンはまずその男に言った。

「実はあなたと話がしたくて」と男は言った。シャツに長ズボンという、仕事から帰ってきたばかりといった格好だった。ザイトンは彼を家に入れて、お茶を出した。

「これまでちゃんと自己紹介もせずじまいでしたね」と男は言った。「私はウィー・ケオン。妻はリンディといいます。今日はここに来たいと言っていましたが、カウンセリングの診察があって」

「ザイトンと申します。奥様はカウンセラーですか？」

「いや、そうじゃないんです。単刀直入に言いましょう。今日シンタから、あなたの家で働きたいと言われました。犬のことが原因だと」

「ムスリムは犬に触れてはいけませんから」とザイトンは言った。

「それは知っています」とウィー・ケオンは言った。「私たちも最初から、それは大丈夫かと確かめていました」

「いやだと言ったら、仕事をもらえないでしょう」

「マダム・ザイトン、シンタはまだ勤め始めて一カ月ですが、私たちはほんとうに彼女を気に入っているんです。もし犬の世話をするのがいやなら、別にそれでかまいません。彼女はほんとうに料理がうまくて」

どういうわけか、ザイトンはほっとした。シンタを雇うとなるとどれだけのお金がかかるかと思い、迷い始めていたのだ。

「うちの息子が死んでから、妻は料理をしなくなりました。料理をすると息子のことをどうしても思い出してしまうんです。息子の記憶を蘇らせてしまうものはすべてなくしたがっています。でも、犬だけはそうはいかない。息子がなによりも愛していたのは、あの犬でしたから。こんなことを言うのはばかみたいだとはわかっていますが、息子の一部があの犬のなかでまだ生きているような気がすることもあります。なぜって、息子の本やおもちゃとはちがって、これは……犬は生きているでしょう？」

「ばかだなんて思いませんよ」とザイトンは言った。

「言いたかったのは、つまり……あの子は、私たちにとってはただの犬じゃないんです。ときどき、夜に吠えていると、どんな人よりも妻と私のことをわかってくれていると思うこともあります。だからといって、シンタの扱いが悪かったことは決してありませんよ」

「すみませんでした」とザイトンは言った。「知らなかったもので」

ウィー・ケオンは失礼しようと立ち上がった。打ち明け話をしたことで、いくぶん疲れていた。「お邪魔しました。もしご家族に時間があれば、今度食事でもご一緒できれば。シンタはハラール料理（訳注　イスラム法で許可された食材・料理のこと）しか作りませんから」

「ところで、名前はなんでしたっけ？」

「うちの息子のですか？　アンドリューです」

ザイトンが求めていた答えではなかった。犬の名前を訊きたかったのだ。それがウィー・ケオンの喪失感を理解するための鍵であるかのように。今度シンタに訊いてみよう、と思った。それから、少年の名前と犬の名前、どちらがどちらのこだまなのかを考えてみよう。

ポンティアナクのお話

二〇〇一年九月に、彼は精神科の実習先だった精神衛生病院の患者の女と出会った。三十代の魅力的な女で、長い髪を束ねてポニーテールにしていた。面接室で彼の向かいに座ったその女が、両手をテーブルの縁に置いて堂々としている様子は、マレー人の花嫁が刺繡の入ったクッションにヘナで色づけした指を置いて見せつけているかのようだった。

「爪を切られてしまって」と彼女は言った。そのせいでこわばった姿勢になっているとでもいうような口ぶりだった。どうにか尊厳を保っている様子は、彼からすれば全裸の女性が自分の服を奪われたと説明しているようなものだった。

彼からの質問に、その女はきっちりと答えた。生年月日、配偶者の有無、出身地。今が何年何月の何日か、今はどんな場所にいるのかも正確に答えた。そして、いつもの淡々としたデータ収集から彼を引き離そうとするかのように、女は自分が死んだ日付と状況をみずから語り始めた。

女の主張するところによると、それは三年前、子どもを産んだあと意識を失ったときのことだった。産後の出血症状が止まらなくなった、と検死報告書にはあった。子どものほうも（男の子なのか女の子なのか、その女にはわからなかった）早産だったせいで生き延びられなかった。一家は裕福ではなかったため、母子は同じ墓に埋葬された。加えて迷信深くもなかったせいで、しかるべき予防の儀式も行わず、卵を彼女の口にひとつ、両腋にひとつずつ入れることをしなかった。

すると案の定、女が目を覚ましてみると、口にたっぷり残ったすきまに牙が何本も生えていた。女の言うところでは、それは猫の爪のように自分の意思で引っ込められる牙なのだという。それに、両腕も卵に邪魔されていないとなると、体をよじって、きつく体を巻いた白いバティックの布からも、頭上を固めた土からも自由になることができた。ローム土の粒子のあいだにしみ込んで動くことのできる身軽さで、そのまま宙に昇れるのだとわかった――彼女にとって、重力はもはや法則ではなく遊び道具にすぎなかった。

すると、預言者ムハンマドが昇天《ミラージュ》の夜にエルサレムから第七の天に昇っていった旅をねじ曲げた話のように、彼女は土壌を真上に進んでいくにつれて幻視を得た――何匹ものカブトムシが、いくつも節のついた体と無数の脚を使って、黒い漆を塗った舌のようになめらかにうねっている。両性具有のミミズが正反対の方向に伸び、相反するリビドーに引きちぎられていく。根の格子模様がそれ自体の道路網や水道網を、地下都市に形成していく。

どうやら、女の最初の使命とは、いつのまにか自分の子宮のなかに戻っていた子どものために栄養を補給することだった。今回は運任せにするつもりはなかった。一回目の妊娠のときには、胎盤がなんらかの欠乏状態を起こしていたらしく、胎児にしかるべき栄養が渡っていなかった。今度はそれを正すのが、母としての義務だった。輸血のための供給源を手に入れるのだ。

その話を、学生である彼は猛然と書き留め、あらゆる詳細を貪った。その女が言うことの多くは、医学的には不要な情報だとわかっていた。暫定的な診断はもう出していたからだ――妄想症に、統合失調症の可能性もある（彼女に幻聴があるかどうかは、あとで確かめてみなければならない）。だが、余白には自分でメモを書いていた――

「これはすごい。患者は自分がポンティアナクだと信じている。つまりは、出産で命を落としたマレー人の女の幽霊だ。血に飢えているのは報復のためだと考えているのは面白い。なにに対しての報復だろう？　種づけした男に対してか。すると、すべての男に対して？　それとも、そもそもはこの世に新しい命をもたらすはずだった行為がふたりの命を奪ったという宿命に対して？　これは書かねばならない。精神病院で出会ったその人は、診断を受けて記録に収められ、『正常な』世界から追放されたせいで『自己』が『他者』になるのではなく、迷信に登場する『他者』をテーブルで向かいに座る人に変えてみせた。人間となって主体性があり、表情も、声もある！　フェミニズムについて書いてもいい。血を吸うことは、男根から水圧式の燃料を抜き取ることだ。だから男性はパニックと不能に陥る」

　診察を終えると（思ったとおり女には幻聴があったが、それは飢えた赤ん坊の泣き声となって現れていた）、その学生は女に礼を言って、カルテが置いてあるワゴンに向かった。一日分の診察ノルマはもう達成していたが、自分に割り当てられたこの病棟という宝の山には、どんな大物たちがいるのかを知りたかった。白衣を着て聴診器を首にかけた彼は、なんの変哲もない医学生に見えた。患者たちには隠している夜の秘密の顔とは、彼は作家であり、患者たちの話を聞きたがっているということだった。貪欲な想像力という、自分の子どもに栄養を与えるために。想像力の貧窮ぶりと不誠実さにおいて、彼は初めて、書くという行為はどう見ても吸血鬼のようなものだと認める作家になるだろう。

床屋

僕らは寝床の前、通路沿いに、間に合わせの床屋を作った。

僕は上半身裸で、蛍光灯の真下にある折りたたみ椅子に着席した。前にも後ろにも鏡は置いていなかったから、自分の姿が果てしなく繰り返されながらだんだん小さくなっていくのは見えなかった。首の後ろに四角の布が洗濯ばさみで留められるわけでもない。サッカーの試合が映るテレビ画面もない。ステレオ機器がダンドゥット（マレー音楽、アラブ音楽、ヒンドスタン音楽などの影響を受けて成立したインドネシアのポピュラー音楽）の歌をがなり立てていて、マグマの泡が猛然と破裂するような、あの独特のベースのビートが聞こえているわけでもない。僕の頭を撫でていく電気バリカンもないから、ふたつに割れたノコギリのような先端が頭皮のすぐ近くを通っていって、頭蓋骨が眠たげに震えるのがわかるわけでもない。それに、カット後のサービスはなにもない。ひんやりしたローズウォーターが泡になって、シェービング用のブラシで下あごに塗りつけられるわけでも、カミソリの刃があの最高の感触で、もみあげをぷつぷつとなぞっていくわけでもない。

「ボス、どんな感じで？」とスディンが言った。スディンは需品部隊支局の倉庫管理係だった。僕はB中隊の軍曹だった。ふたりとも、その週末は外出禁止の身だ。スディンはライフル清掃キットのブラシをひとつなくしたせいで。僕のほうは、入退出記録に記名をし忘れていたせいで。

スディンに髪をちょきちょき切ってもらい、むき出しの肩に髪の毛が落ちてきてかゆくなってきたあたりで、僕はあることに気がついた。話がしたくなったのだ。子どものときも十代のときも、散髪の思い出といえば屈辱的なものだった。タンピネスの実家近くにあるマレー人の床屋に行っていた。〈バッグス・バニー〉という名前の店だったけど、名前の由来となったウサギのキャラクターのほかにも、ウッディー・ウッドペッカーの絵がガラス扉に何枚も貼ってあった。きっと子どもに優しい店だと思うかもしれない。肘かけの上に渡されたクッションつきの木の板に座ると、じゃあどんな髪型にしようか、と僕は訊かれた。

そのときになって、いつも恐怖が襲ってくる。その質問はマレー語で発せられるのに、僕はマレー語では答えられなかったからだ。学校の「母国語」科目では優秀な成績を取っていたけど、日常のやりとりとなると、頭のなかの辞書を必死でめくるしかなかった。さらにいえば、その辞書は水に浸かって背表紙までぐっしょり濡れていて、ページは皺が入って歪んでいる。そんな残骸を救い出すべく飛び込むという行為自体には、別の環境に入るときの息苦しさと減速という感覚がある。どんな言葉を選べば、堅苦しくなったり、話し出したところで黙り込んでしまったりせずにすむのだろう？

とはいえ、あとから振り返ってみれば、僕が固まってしまったのは、語彙が足りなかったというよりも、屈折を正しく発音できないのではないかという怖れのせいだった。使う言葉も、それをつなぐやり方も知っていたけど、それらの言葉が英語から必死で翻訳したものだということを隠せるだけの、あの遥か彼方にある言い回しにどうすれば到達できるのかがわからなかったのだ。

そこで、いつも英語で答えた。両側を短く切って、上はあまり短くしないでほしい、後ろ側は刈り上げ風にしてほしい。でも一度、床屋が眉をひそめて、皮肉っぽく言ってきたことがあった。「マレー語は話せないってことだな?」その言葉が突き刺さって頬が紅潮し、耳も赤くなり、床屋がこんなに近くにいなければ、恥ずかしがっていることがばれずにすむのに、と思ったことを覚えている。それは人生で一番長い散髪の時間だった。鏡を見つめると、そこにあったのは、はっきり言って居場所のない少年の姿だった。

表のベンチには、ほかにも客が座っていた。メッカに巡礼したことを示す白いソンコック帽をかぶった老人たち、サッカーのTシャツを着た少年たち、サングラスとウインドブレーカーのバイカーたち。バイカーのひとりは、ヘルメスの翼のステッカーでヘルメットを飾っていた。そうした人たちは、店に入ってくると理髪師たちに笑顔を見せ、「兄弟《アバン》」とか「坊ちゃん《ナッ》」とか親しい言葉をかける。理髪師たちの長い襟足やタバコのヤニがついた歯、信心深い長いあごひげや、宝石をちりばめた指輪なんかも、まったく見慣れたものだ。そんな打ち解けた間柄のネットワークに、僕の居場所はなかった。落ちた髪が絨毯のようになった床には足がつかなかったし、体を失った頭は宙に浮き、首のところを白い布で切られていた。僕は根っこのない幽霊で、ここのしきたり、つまりはこの世界から浮いていた。

散髪は黙想の儀式になった。ちょきちょきというハサミの音、低く唸る電気バリカンの音が頭のまわりで対話を行うあいだ、僕はずっと、暗い井戸に落とした石のようにひとりで黙りこくり、前と後ろの鏡に果てしなく映る自分の姿のように縮んでいった。刃が頭皮に近づくにつれて、僕は心のなかの聖所に引きこもっていった。

でも、髪は伸びる。断ち切られたものはまた元に戻り、しかるべき長さになる。

そんなわけで、昨日の晩に話は戻る。スティンが近くにいて、ちょきちょき切っている。もうひとつの床屋、もうひとつの償いのチャンス。死んだ重みが体のまわりに落ちていき、足元で黒い輪になっていくなか、僕はまた恋に落ちること、人生で向かうべき道、ときには回り道をした方がなにかを成し遂げられることを話した。

マレー語で話し始めて、それから気がつけば英語に切り替えていた。どちらでもよかった。僕は話を聞いてもらっていた。そして、〈バッグス・バニー〉の、あの理髪師のことを考えた。僕のおぼつかないマレー語に対して不愉快そうに、十二歳の少年を抑圧して自分を責めるようにした。シンガポールでずっと暮らしてきて、さまざまな人種の客と接してきたあの男が、英語がわからなかったなんてことがありえるだろうか。言語の警察を気取って、文化的な正統性という厳格な概念にこだわる潔癖性の人たちのことを、僕は考えた。

そもそもは文房具のささやかなハサミ。僕のためらいがちなマレー語、仰々しい英語。あとで、鏡で自分の髪に見惚れながら、僕は思った。手仕事の出来不出来を道具で決めつけてはいけないな、と。

ブキ・バトック　午後五時

スリッパをゴールポスト代わりにして、四人の男の子がビニールのボールでサッカーをしている。ボールの側面には切り傷のようなものと、球状にするために空気を入れたらしき穴がある。ボールは弾むというよりも地面をかすめるように動いていく。無人のフロアがピッチに使われ、床をすべる男の子たちの足の裏は楕円形の灰色になっている。誰かがゴールを挙げると、想像上のスタジアムが熱狂に沸き、無数の吹き流しや旗がタンバリンのシンバルのようにきらめく。

男の子たちは夕暮れになって家に帰らねばならない時間まで遊ぶ。そして合唱になった声に迎えられる。「何度言えばわかるの、帰ってきたらまずトイレに行きなさい！」「遊んでるうちに、家に帰る時間だってことを忘れたな？」「膝がここまで真っ黒になるなんて、なにしてた？」「こんな遅くに帰ってくるなんて、悪魔を連れてきてるぞ！」公共住宅団地《HDB》での生活――階段やエレベーターで上がっていき、地に足のついた現実の世界に引き戻される。

誕生日プレゼント

華人の男の子たちと友達になりなさい、とヌール・ジャンナは息子のシャフィクにいつも言い聞かせていた。「マレー人の友達がいると、ついついしゃべってしまうでしょ。先生の言ってることがわからなくなるから」。華人の子たちと付き合えば、その習慣のいくつかがシャフィクにも身につくはずだ、と思っていた。ヌール・ジャンナにとって、その「習慣」とは、競争心と生まれつきの算数の素質のことだった。

離婚してからのヌール・ジャンナは、日中に食品露店の助手として働く稼ぎの足しにしようと、ドレスを作っていた。夜に本を読んでいるシャフィクが顔を上げると、母親は電動ミシンにかがみこみ、ミシンのパイロットランプが眼鏡に当たってきらりと光っていた。

ある日、シャフィクはチョコレートバーとキャンディが少しばかり入ったビニール袋を持って学校から帰ってきた。ヌール・ジャンナに叱られる前に、息子は事情を説明した。男の子がひとり、自分の誕生日パーティが近いからと言ってまわりに配っていたのだという。ヌール・ジャンナは、それはなに人の子か、シャフィクは招待されたのかとたずねた。

その翌日、シャフィクは教室に行って、その男の子テレンスに、誕生日パーティに行ってもいいかとたずねた。シャフィクは恥ずかしがりだったが、母親に仕込まれたとおりに、誕生日のプレゼントは買ってあるから、渡しに家に行ってもいいかな、とテレンスに言った。テレンスは自分の住所を教え、その日はずっと、プレゼントの中身はなにかと聞き出そうとした。「秘密だよ」とシャフィクは言ったものの、中身は自分でも知らなかった。

パーティのあいだ、その場にいるマレー人の家族は自分とシャフィクだけだということにヌール・ジャンナは気がついた。バンガロー式の土地つき住宅（訳注　シンガポールで土地つきの一軒家を購入できる層は限られている）を訪ねるのは初めてで、テラスにかかっているシダ植物の鉢植えの下に座ることにした。女たちのひとりがヌール・ジャンナのそばに腰を下ろして、おしゃべりを始めた。テレンスのおばだと自己紹介をした。

「私は英語得意じゃなくて」とヌール・ジャンナは言った。

その女は不思議そうな顔をした。そのとき、母親になにか危険が迫っていると察したかのように、シャフィクが現れた。焼きビーフンの皿を持っていた。

「シャフィク、それは食べちゃだめ」とヌール・ジャンナは言った。

そばの女はくすくす笑った。「大丈夫、豚肉は入っていないから。ホットドッグの具は鶏肉だし」

「だめなんです」とヌール・ジャンナは言った。「これを食べたあとでお腹が痛くなる。シャフィク、あとでケーキまで待って、オーケー？」

ケーキが切り分けられると、テレンスは居間にあるSサイズのグランドピアノでみんなのためにちょっとした演奏会を開いた。それからプレゼントを次々に開けていき、プレイステーションのセットが出てくると興奮でかん高い声を上げた。そのほかには鉄道模型セット、レゴの消防署セット、ラジコンのレースカーがあった。ヌール・ジャンナはシャフィクの手をつかんで、テレンスがプレゼントをすべて開けてしまう前に帰ろうとした。一家にお礼を言い、シャフィクの具合がよくないので、と言った。

その晩、歯磨きを終えると、シャフィクは母親にたずねた。「ママ、ぼくもピアノもらえる?」

ヌール・ジャンナはミシンから顔を上げた。「どうして?」

「そしたらコンサートで演奏して、たくさんお金を稼げるだろ。そのお金をママにあげるから、もう働かなくてもよくなるよ」

「ピアノを買うお金がないでしょ」

シャフィクは唇を噛んだ。「じゃあ、鉄砲ならいい?」

「どんな鉄砲のこと?」

「テレンスに買ってあげた、大きな水鉄砲。でも、青いのが欲しいんだ。青が一番好きだし」

「だめ」

「どうして?」

私の子どもへの愛情表現は、おもちゃを買ってあげることではないから、とヌール・ジャンナは言いたかった。毎朝、息子が学校に出かける姿を見て胸に感じる哀れみが、自分なりの愛情だった——わびしい廊下を歩いていき、肩を左右に揺らして、箱のようなリュックサックの重みが均等になるようにしているシャフィク。ある日のことを思い出した。意外にも息子が振り向いて笑顔を見せてきたので、片手にどうにか力を入れて、手を振る動きをした。ほんとうは自分の口を覆って、すすり泣きを抑えようとしていた手だった。そのときのヌール・ジャンナは、シャフィクが私の息子だなんてもったいない、と感じていたのだ。

だが、こう言うのが精一杯だった。「だって、私の息子だから」

外国語

マイサラは、アラビア語の夜間クラスでジャックと出会った。資料館で働いている彼女は、最近になって、一九五〇年代のマレー語娯楽雑誌の記事を翻訳する仕事を与えられていた。すると、十代のころに日曜日の宗教の授業で身につけていたはずのジャウィ文字の知識が錆びついていることに気がついた。アラビア文字を勉強し直せば、新しい単語も覚えられると考えたのだ（訳注　マレー語の表記文字であるジャウィ文字はアラビア文字をもとにしている）。

一方のジャックは、「イスラームの知識をより深めるべく」クラスに入っていた。彼は一年前に妻を亡くしたあと改宗していた。教師を務めているインターナショナルスクールの同僚から、スーフィズムの著作集を渡され、それに心を慰められると同時に鼓舞されたのだ。ジャックにそう言われると、トゥドゥンをかぶっていなかったマイサラはどぎまぎした。

マイサラは四十歳で独身だった。親族たちには、トゥドゥンを頭にかぶっていないのは、まだ結婚生活に入っていないせいだということで納得してもらっていた。だが、彼女からすれば気に入らない話だった。おとなしいオモチャを扱うように彼女のねじを巻き上げて、信仰という道に置く、そんな男に救ってもらうのを待っていることになってしまう。そんな宿命に意地悪をしたくて、マイサラは不機嫌なほどトゥドゥンを避けているように思えた。

マレー人にとって宿命にはさまざまな「子ども」がいる、と彼女はジャックに教えた。たとえば、「ルズキ」は子孫も含めた富のこと。「アジャル」は死ぬ時刻。「ジョド」は未来の伴侶。その言葉は、独身でいることとは、すなわち見過ごされていたり無視されていたり拒否されているのだといった、ピリピリして傷つきやすい気持ちを和らげるために使われる。マイサラの理想の相手は、まだ人生に現れていないだけなのだ。

ふたりの妹が結婚を間近にしていたとき、マイサラは妹たちから、姉さんに償いをしなくちゃだめね、とからかわれた。妹たちが「敷居をまたいだ《ランカ・ブヌドル》」ことに対して。「年上のきょうだいより先に結婚してはいけないことになっているから、贈り物を買ってあげなくちゃいけないのよ」とマイサラは説明した。「でも、なにもいらない、恥ずかしいからって私は言った」

「僕ならお金をかっさらっていくな。別に恥ずかしがるようなことじゃないよ」

そのとき彼女は思った。ジャックから見たわたしは、異国の珍品のようなものになってきているのではないか。彼からすれば、わたしが生まれ育った文化は名誉とか恥とかに関してやたらと堅苦しく思えるのではないか。自分の文化と比べてみて、それをオブラートに包んでさりげない言葉にしたのではないか。だが、マイサラの練習プリントをジャックがひょいと覗き込んでくる様子や、薄い青色の目や灰色がかった金髪、フランス系カナダ人の訛りは、どうしても気になってしまう。その訛りを、クラスが終わってバス停に行く途中で彼女はよくまねようとした。

娘によかれと思って両親があれこれ相手を探してくれていても、自分はマレー人男性には魅力を感じないのだとは、マイサラは言えずじまいだった。専門職に就いているマレー人、パイロットや歯科医とデートしたことはあったが、うんうんと頷いて人当たりのいい笑顔を作ってはいても、心のなかでは虚しく途方にくれたように感じていた。笑ったあとにいつも首を横に振って、冗談を楽しんでいるように見えるその仕草の裏では、ひそかにこう呟いていた。「ほんとうに悪いけど、あなたじゃない。全然ときめかない」

この距離感は、ミッション系の女子校で教育を受けたせいなのだろうか。同じ系列の学校にいた、ヨーロッパ系の少年（母親がニュージーランド人だった）に二年間恋をしていたことがあった。その少年はラグビー部の副主将だった。だが、彼との接点は、完全に代理としてだった。その少年はマイサラの親友と付き合っていたのだ。相談相手になったマイサラは、彼の真剣で不器用なアプローチを眺めるというわくわくする経験に恵まれた。内心ひそかに、自分が親友になったつもりで想像してはみたが、さらに絶望的な回り道が彼女を待っていた。その少年はカトリックだったのだ。マイサラは彼と結ばれることなどありえないという思いにもがいたり、酔ったりしたあげく、そのふたつの感情の区別がつかなくなった。「愛とは、わたし以外の人たちのもの」と彼女は書いたことがある。そして、恍惚とした解放感あふれる言葉であるかのように、自分の書いた文字を眺めた。

そのヨーロッパ系の少年に忠誠を誓ったせいで、両親が選ぶ相手にすぐがっかりしてしまうようになったのだろう。「東洋と西洋をつなぐ」ためのインターネットのサイトにも登録してみたが、白人男性のほうが「ロマンティックで頭が切れて魅力がある」と思っているほかの女たちにはついていけなかった。求めているのは文化的に優れていると思う相手ではなく、文化的に結ばれるはずのない相手だったからだ。ほんの一週間で、自分のアカウントを削除した。

そんなこともあり、ジャックのことをどう考えればいいのかはわからなかった。礼儀正しく、皮肉屋の、一歳年上の男で、最近になって夕食に誘ってきた。信仰が同じだということで、彼に対する気持ちが深まるためには不可欠だと思う距離感は損なわれてしまっている。いつか、別の外国語のクラスに入ろうかと想像にふけることもあった。フランス語のクラスに。どのレベルまでいけば、ちゃんとしたラブレターを書けるようになるだろう? ケベック州ブロサールにある彼の家に手紙を書いて、驚かせて感心してもらおう。だが、そんな手紙を送ることは絶対にありえないだろうという思いを彼女は噛み締めた。単純な文法的間違いを事務的に直すためであったとしても、誰にもその手紙は読ませせない。

ある晩、クラスの後の夕食の席で、マイサラはジャックに言った。わたしはステレオタイプに当てはまる女性ではないと思う。自分とはちがう人種の男性を好むような女性ではない、と。そのせいで、自分の兄弟たちを辱めたような思いにとらわれてしまった。結局、あのヨーロッパ系の少年のことをジャックに話し、もしわたしたちがロマンスの道を進むとしても立ちはだかる、乗り越え難い壁があると言った。

「きみは自分を守ろうとしているだけなんじゃないかな」とジャックは言った。「自分の人種や宗教について、きみはなにかの原因があると思いたがっているんだよ。原因を探しているならね。相手から愛してもらえなかったときに言い訳ができるように。誰かにとって自分がぴったりのタイプじゃないのはなぜなのか、はっきりと理由を挙げられるようになりたいわけだよ。タイプってもの自体が謎なんだけどね」

ジャックが言ったことに、マイサラは心のなかに土足で踏み込まれたような、だが同時に目を開かれたような気分になった。

「きみさえその気になれば、そういった要素はなんの邪魔にもならないよ。無視してしまえる。たとえばさ、ジョドがどういうものかは僕にも簡単にわかる。別に異質なものでも何でもない。運命の愛だろ。ル・デスタン・ヌザ・レユニっていうんだ」

「じゃあ、どうすればいいの？」と彼女はたずねた。

「マイサラでいればいい」

最初からずっと、彼女はサラと呼んでほしいとジャックに言っていた。それが今、「僕のサラ《マイ・サラ》」と呼ばれている。しばらく経ってようやく、彼が言っているのは自分らしくいればいいということだと彼女は気がついた。マイサラの顔は一気に赤くなった。

マイサラの頰が赤らんでくるのにジャックは気がついた。慌てて、でもありがたいことに、「そうか、それもありだね」と彼は言った。

マイサラはよりリスクの少ないほうの意味に気持ちを集中した。ただ自分らしくいればいいというアドバイスに。だが、屈託なく微笑むジャックの顔をちらりと見たとき、自分がほんとうに望んでいるのがなにかはわかっていた。若かったときのマイサラが書いた、「わたし以外の人たち」になりたかったのだ。

同窓会

サレハは妹に勧められ、学校の同窓会ディナーの二週間前にダイエットを始めた。粉状にしたインドネシア産の植物性医薬品「ジャムウ」を摂取するのも、その一環だった。「効くのか?」と、夫のマジドはサレハにたずねた。

「女にしか効かないし」サレハはぴしゃりと言った。「飲まないでね。隠しておくから」

「俺もやってみたいなんて言ってないだろ」とマジドは応じた。「二週間で効果が出るのかって訊いてるだけだ」

「私のプリムローズオイルの錠剤を勝手に飲んでたくせに。家にある錠剤にはすぐに手を出すんだから」

「なんだと、旦那が自分みたいに健康だと困るってのか?」

サレハはグラスに入れたジャムウをかき混ぜた。コケのようなけばけばしい色合いだった。それを飲み込むのかと思うと怖かった。

「マジド・ビン・モフタル、あのプリムローズオイルは更年期の女性用なんです。ビタミン剤じゃありません!」

同窓会のせいでマジドは不安になっている、とサレハにはわかっていた。その当時のサレハは、学校でも評判の美人だった。目立つ放課後のグループに入っていて得た評判ではなかった。実は、同級生たちからどう見られているのかにはまったく気づかずにいられたのだが、それも、「ラジャ・プルマイスリ・アゴン」、つまりはマレーシア王妃が学校を訪問するというニュースが飛び込んでくるまでのことだった。

そのとき、担任の教師がやってきて、訪問される王妃様に花束を贈呈したくはないか、と彼女にたずねてきた。ほんの二カ月前、シンガポールはマラヤ連邦に加わったばかりで(訳注　シンガポールのマラヤ連邦への統合は一九六三年九月)、サレハの火曜学校は島で最初のマレー語中学校であるため、王室の訪問には特別な意味があったのだ。非公式の推薦用紙が学校で出回っていて、自分の名前が一番多く書いてあったことを、サレハはあとで知った。

二週間後、夫婦で車に乗り込んだとき、マジドから漂う香りにサレハは気がついた。金曜日の礼拝のために衣類にすり込むビャクダンベースの芳香剤のほかに、夫が自分用の香水類を買っていたとは知らなかった。

「王妃が訪問されたときのことを覚えてる？」とサレハは唐突にたずねた。

「ああ」とマジドは答えた。「どうして？」

「なんていう名前だったかしら？」

「思い出せないな。バ行で始まる名前だった。ブタだったかな」

サレハは夫の肩をぴしゃりと叩いた。

「やめろよ！」とマジドは言った。「運転中だぞ！」

「ブタだなんて？　村《カンポン》で揚げせんべい《クロポッ》を作ってるような女の名前じゃないの」

「でも、バ行で始まるのはほんとだぞ。とにかく、それになにか意味があるのか？」

サレハがその話を持ち出したのは、あの日の自分の姿を思い出してほしかったからだ。十五歳で、その日のために糊を効かせた白い制服に身を包み、編んだ髪に青いリボンを結えている。そのころのサレハには、付き合ってほしいと願う男子たちがごまんといた。今は新聞の編集者をしているカマルから、中学校の校長になったアブドゥル・ガニまで。だが、彼女が選んだのは、学年で成績トップのマジドだった。マジドが公益事業庁の電気技師にしかなれず、そのあとはタクシー運転手で終わるだろうとか、サレハのほうは家計の足しにあちこちの工場で仕事をすることになるだろうとは、誰に予言できただろう。

同窓会の会場は小さなホテルの宴会場だった。司会者はまず、別離と切望をうたう伝統的な四行詩《パントゥン》を暗唱した。それをさらに解説して、同窓会とは、一九八〇年代後半に閉校したあとも学校の精神を絶やさずに保つことだと言った。食事は結婚式と似たメニューで、ビリヤニと、野菜の酢漬けとカレーだった。サレハはマジドよりもカメラを向けられることが多く、そのことにまんざらでもなかった。ダイエットをあきらめず、二週間で体重を二キロ落としておいてよかった、と自分を褒めた。マジドは座ったまま、満足げな笑顔を崩さなかった。

帰宅するとき、マジドは口を開いた。「さっきはカマルと話し込んでたね」

「ほんとうに奥さん思いなのよ。何カ月か前に夫婦旅行をしたって。バリに」

「あいつと結婚していればな」とマジドは言った。「もっといい人生にしてもらえたろうに」

毎年、同窓会が終わると、いつもこの調子だった。サレハとしては、マジドにちょっとした嫉妬の炎を燃やしてほしかった。自分の年齢では、それが欲望の対象になることに一番近いと思っていたからだ。それでも、やりすぎなのではないか、かえってマジドを深く傷つけてしまったのではないか、と考えてしまうこともあった。

しかし、マジドにとっては、そうした会話は粉々になった夢のかけらでしかなかった。ちくちく痛みはするが、本質的には無害だ。学校は一九六一年に建てられた。マレー学校卒業証書はケンブリッジ学校卒業証書と同等のものとみなす、と政府が布告した年だった。教育相はそれを「シンガポールで植民地教育が死に絶えたという明確なしるし」だとして自賛していた。それより前から、ラジオではマレー語会話の番組があり、マレー語は国語として認められ、マレー人の初等教育は無償化されていた。「ヤン・ディ＝ペルテュアン・ネガラ」と呼ばれる国家元首職は、イギリス人総督からマレー人ジャーナリストに引き継がれていた（訳注　初代大統領ユソフ・ビン・イサークは元ジャーナリストのマレー人）。

その当時、マジドが自分の輝かしい未来を思い描いていたとしても、誰にも文句を言う筋合いはなかった。なにしろ、理系の成績は学校でトップだったのだから。サレハを追い求めたマジドの獰猛なまでの自信、彼女に誓った、雲にまで届くような約束の数々……。

そして、一九六五年の分離独立が起きた。英語が国じゅうで奨励された。ふたを開けてみれば、文系を学んでいたほうが有利だった。語学の教師やマレー語ジャーナリストの需要はまだあったのだ。だが、マジドの卒業証書は一夜にして価値を失ってしまい、日本軍による占領期に発行された「バナナマネー」の軍票と肩を並べることになった（訳注　一九四五年に日本占領期が終わると無価値になった）。張り詰めているとはいえ、毎年のこうした同窓会《リユニオン》のほうが、決して実現することのない再統合《リユニオン》という苦々しい夢よりもましだ、とマジドは思った。サレハにとっても、別の家庭での生活を想像するほうが、別の国での人生を想像するよりもましだ。

「ブドリア」と、マジドはいきなり言った。

「なに？」

「やっと思い出した。ブドリア陛下だ。王妃だよ。プルリスの王室出身だ」

「プルリス」と、サレハは考え込むように繰り返した。「行ったことないわね。なにがあるのかしら？」

「宮殿に行ってみるのもいいんじゃないか」とマジドは言った。

「もうかなり高齢のはずだけど。もう亡くなったかもしれない」

「王妃のことなんてどうでもいいじゃないか。別に見てもいなかったしな。王妃に花束を渡していたお姫様のことしか見ていなかった」

サレハはそっぽを向いた。その顔に、抑えようもなく笑みが広がっていることをマジドは知っていた。ふと思いついた。明日、朝食の買い出しをすませたら、家に帰る途中で花屋に寄っていこう。

ベドック　午後七時

またもや満員のバスが、エンジン音とともに停留所を過ぎていくと、三人の女はほとんど同時に腕時計に目をやる。三人とも工場の紺色の制服を着ていて、移りゆく黄昏どきの空とちょうど同じ色合いになっているが、本人たちはそのことには気がついていない。

手すりにもたれかかっている女の母親は脳卒中を起こして、今は車椅子生活になっている。道路近くに立っている女は、三週間も音沙汰がなかったのに昨日戻ってきた娘にどんな料理を作ってやろうかと考えている。バス停の座席に座っている女は、中華系マレーシア人の同僚からプロポーズされたばかりで、彼はイスラームに改宗すると約束してくれてはいるものの、別の国籍への変更は、彼の年収からしてありえるのだろうかと考え込んでいる。

もう一台のバスが近づいてくる。三人の女はそのほうを向く。まるで、それぞれの未来を見つめ、今度の未来には自分のための場所があってくれたらと願っているかのように。

トヨールのお話

ある日、それは始まった。ファドリの寝室の戸口に父親が立ち、俺のメガネをどこかで見なかったか、とたずねたのだ。ファドリは父親にちらりと目を向けて、見てないよと答え、読みかけていたマンガに視線を戻した。少ししてから、先ほどの父親がメガネをかけていたことを思い出して、居間に行った。クッションがひっくり返され、雑誌が飛び石のようになっていた。父親は片手をオールのように動かして、ソファの下に溜まったままの埃の塊や変色したコイン、カブトムシの殻を掻き出していた。体を動かしたせいで赤くなった顔をファドリに向けて上げると、「この家にはトヨールがいると思う」と断言した。偽物のゴールドでできた眼鏡は、その言葉をあざ笑うかのように父親の鼻にかかっていた。

マレーの言い伝えでは、トヨールとは取り替え子のようなものである。死産の胎児が黒魔術によってこの世に戻され、不幸にも甦ったことと引き換えに、主人の命令に従うよう定められている。もっぱらいたずらを行い、ささいなものを盗んだり、人の持ち物を勝手に動かしたり、日常を容赦なく邪魔したりする。敵にトヨールを差し向ける一番効果的なやり方は心理戦であり、相手の現実感覚を攻撃することだ。ささやかな謎を積み重ねていくことで相手の心に重荷を負わせようというこの発想は、日本の水責めにも似ている――額の一点に定めて延々と水滴を落とし続け、この上ないほど苦しい頭痛を引き起こすというものだ。ピチャン。ピチャン。指ぬきがなくなったまま見つからない。ピチャン。ペンのキャップが次々に引き出しに飲み込まれてしまった。ピチャン。玄関の扉が勝手に開いてしまう。

それに続く数週間、ファドリの父親はあれやこれやがなくなったと文句を言うようになった。新聞のあの欄がない、いつも使っていた櫛がない、バスルームのスリッパがなくなった。次第に募る恐怖をイライラした氷のような態度を装ってごまかしつつ、ファドリはそのたびに説明した。求人広告欄は飼い猫の食事用の皿に使ったよ。櫛は父さんが髪を染めるときにバスルームに置きっ放しになっていたよ。スリッパは底がすり減っててらてらだったから一週間前に捨てたじゃないか。だが、その不愛想な受け答えをもってしても、信じ込んでしまった父親の心は揺らがなかった。なんらかの魔術が行われていて、目には見えない小妖精が家に入り込み、電気よりもこっそりと動き回っているのだ。

心のなかでは、ファドリはじきに、自他ともに認める孝行息子としての義務を果たすべき日が来るものと覚悟していた。それは兵役や予防接種と同じく避けようのない通達だった。自分ではそれなりに敬意ある子どもだとは思っていたが、同時に、子ども時代に退行していく父親に慣れねばならない心理的な負担を思うと怖くもあった。不安を抱えつつ、ファドリは、物忘れがひどくなっていく父親がついにあと戻りのできない認知症に突入したという決定的な徴を待った。いざその日が来れば、自分は恐怖と諦念だけでなく、ひどい孤独を感じるだろう。父親の頭が衰えていることは、ふたりのうちファドリにしかわからないのだから。

とりあえずは父親と話を合わせて、ほんとうにトヨールが家にいるのだということにした。「そうだね」と、嘆く父親に答える。「家にいる誰かのせいだね」。父親が妄想で作り上げた世界を信じてやれば、避けようのない現実に向き合わねばならないときを先送りにできる、とファドリはどこかで考えていた。「そうだね」と彼は悲しげに言って、リモコンは絶対にここにあったはずだと言う老いた父親を見つめた。これで十何回目だろうか。「この家はいたずらされているんだよ」

いやいやながらも息子が賛同してくれたことに後押しされて、ファドリの父親はトヨールを捕まえるための罠を仕掛けるようになった。ネズミ捕りを一式買って、手癖の悪い小鬼が触りそうな場所だと思えばそこに置いた。かくして、ある日、マンガを読んでいると——とはいえ今度はほとんど必死にかぶりついていたのだが——ファドリは台所から上がる悲鳴を耳にすることになった。自分の部屋から慌てて駆け出てみると、父親は床であぐらをかいて、左足の親指をがっちり挟んだネズミ捕りをこじ開けようとしていた。すすり泣き、戸惑って傷ついた表情を浮かべていた。怒りっぽいが尻すぼみの口調で、ファドリに言った。「こんなものをここに置いたのは誰だ?」

ファドリは父親のそばに膝をつき、片手を肩に置くと、断固とした口調で「父さんのトヨールだよ」と言った。今までのように嘘をついたつもりだったが、今までにないほど、自分は真実を口にしたのだとファドリには思えた。

やり直し

撮影クルーがジュマおじさんのワンルームアパートに到着すると、ちょっとした問題が見つかった。その部屋が「きれいすぎる」と、監督がおじさんに言ったのだ。部屋を元の状態に戻してくれないか、とクルーは頼んできた。

「あのときは、これじゃカメラも照明も入れる場所がないって言ってたじゃないか」とジュマおじさんは言った。

「大丈夫ですよ」と監督は言った。「それは我々でなんとかするので。じゃあ、二、三日したら戻ってくるってことで」

ジュマおじさんはため息をついた。実は、週末にかけて、近所の人の部屋にせっせと持ち物を運び込んでいたのだ。垂れた首を強力粘着テープで接着したスタンド式扇風機、新聞紙の山、古いビスケット缶の数々、手押し車、それから、スンガイ・ロードの蚤の市で売りさばけなかった小物すべてを入れた針金のかごがぎっしり詰まった棚。今度は、それをすべて戻さねばならない。

前の週、ケオンの扉をノックして、持ち物を少しのあいだ置かせてもらっていいかと頼んでいた。数年前、ジュマおじさんが廊下に物を置きすぎていると咎められて口論になってから、ふたりは口をきいていなかった。意外にも、ケオンは承諾した。

ケオンは目が見えなかったので、家にはまばらに家具があるだけだった。ジュマおじさんはケオンの物を動かしてしまわないように気をつけながら、居間エリアの片隅に自分の持ち物を固めて置いた。ケオンの寝室エリア（壁で仕切られてはいないので寝室とは呼べない）のカーテンは引いてあって、薄手のマットレスのそばに小さなテレビが置いてあることにおじさんは気がついた。

撮影中、ジュマおじさんは自分のベッドに腰かけるよう指示されて、クルーの何人かは背景にある物の位置を調整した。メーキャップアーティストは、眉毛から汗を拭いとってくれた。音響係はおじさんのシャツの下に片手をすべり込ませ、襟近くに小さなマイクをクリップで留めた。どれもきびきびした手つきだったが、どことなく優しさがあるようにおじさんには思えた。

照明がつき、カメラが回り始めると、ジュマおじさんは微笑みそうになった。生まれて初めてテレビに出演するのだ。だが、どうにか真面目な顔を崩さなかった。

数週間後、ジュマおじさんはケオンの部屋に行って、テレビで自分を見た。残念ながら、ケオンのテレビ画面はひどく乱れていた。いくつもの帯に分かれた映像で、ちらちら映りはするが紫色と緑色になっている顔しか見えなかった。おじさんはアンテナを調節しようとしたが、うまくいかなかった。

「ケオン」とおじさんは言った。「テレビがおかしくなってるのは知ってるか?」

「知るわけない。音しか聞かないから」

ジュマおじさんは帰ろうとした。番組は標準中国語だから、そのまま見ていても意味はない。だが、ケオンが翻訳してくれた。

「今は司会者たちがしゃべってる」とケオンは言った。「特別ゲストを迎えようとしてる。それから、寄付したい視聴者のために電話番号を言ってる」

番組が始まって三十分が経っても、ジュマおじさんの映像の出番はまだだった。そのあいだ、どのテレビスターが登場しているか、どれだけの募金が集まったのかをケオンは語った。ケオンのとりわけ生き生きとした様子に、ジュマおじさんは気がついた。おそらく、人が物を見えるように手助けするのは初めての経験なのだ。

「あんたの出番になったと思うよ」とケオンは言った。「ひとり暮らしですって言ってる。奥さんは亡くなったし、子どももいない。それに、尿が甘い病気にもかかってる」

「なんだそれ?」まもなく、彼は合点がいった。「そうか、糖尿病のことだな?」

マリーのビスケットはいるか、とジュマおじさんはケオンにたずねた。テレビのクルーからは、取材を受けたことへのお礼として食べ物の詰め合わせをもらっていた。

「お金はもらえないってことだな?」とケオンは言った。「あんたは人助けをしたんだよ。あんたの身の上話をみんなが聞いて、さらに電話がかかってきたんだ」

ジュマおじさんの思いはふらふらと時をさまよい、子どものころにマリーのビスケットをミロに浸していたことを思い出した。コップの直径によってビスケットの片側が黒っぽくなり、三日月や半月のようになる。今ではケオンもおじさんも老人なので、香り豊かなブラックコーヒーにビスケットを浸して食べた。ジュマおじさんはコーヒーは控えるよう医者から言われていたが、今日は特別だからいいだろうと思った。

「あんたも友達があんまりいないんだな」と言うケオンの声がした。「友達はみんな遠いところに住んでる」

詰め合わせは全部ケオンの部屋に持っていこう、とジュマおじさんは決めた。まだ包装を開けていなかったが、オレンジ色のセロハン紙のラッピング越しに、フルーツケーキと桃の缶詰、バタークッキーが見えていた。なにを開けて食べるかは、ケオンに決めてもらおう。あまり長く待たせたくはなかった。ケオンには、たまたま入る音声より、もっといい仲間がいてしかるべきなのだ。

引き出し

今朝、娘のマリアに嘘をついてしまった。あんたのトゥドゥンは見かけてないよ、と言ったのだ。娘が面接のために着るひとそろいの衣装に、私がアイロンをかけておくことになっていた――バジュ・クルンのドレスとロングスカート、それに合わせたクリーム色のトゥドゥン。

服を着ていると、マリアが声を上げた。「ママ《マッ》、わたしのトゥドゥンはどこ？」

「トゥドゥンって」と私は訊いた。「どれのこと？」

「もう遅刻なんだけど。どこにあるの？」

「どうして自分のトゥドゥンでないとだめなの？　まだ髪も乾いていないのに」

マリアはランドリールームから出てきて、私をにらみつけた。「乾いてないからなに?」と言った。「自分の髪だし」自分の部屋に入っていく娘に、私はついていった。マリアは引き出しを次々に開けて、各種のスカーフを放り出していった。かなりおかしくなったマジックショーみたいだった。

「どうしてこんなに散らかすの?」

「帰ってきたら片付けるし。遅刻なんだって!」

私は戸口のところに立って、ここ数カ月ずっと伝えるつもりでいたことをどう言葉にすればいいのか考え込んでいた。マリアはもう薄い黄色のトゥドゥンを選んでいた。

「マリア、もう面接にはさんざん行ったでしょう。同じ学年で卒業した友達はもうみんな就職した。かわいそうだとは思うけど、どう手伝ってあげたらいいのかわからない。今日くらいはトゥドゥンなしで行ってみたら? 仕事をもらえたら、またかぶればいいんだし」

「そんなふうにかぶったり外したりするものじゃない」

マリアはむっとしたまま、タクシー代を私から奪い取ると、門も閉めずに出かけていった。窓から見ていると、娘はタクシーを呼び止めた。どういうわけか、マリアがドアを乱暴に閉めたところでトゥドゥンの端が挟まってしまったところを想像した。今までそんな場面は見たことがないけど、その小さな旗が風にはためくような感じで、娘は怒っているのだと思い描いた。

数時間後、私は姉の家にいて、もやし抜きを手伝っていた。半透明の根の塊が、一枚の新聞紙の上にできつつあった。姉はどうやら、私が根の部分を残しすぎていると気がついた。

「もったいない」と姉は言った。「そこも食べられるんだから」

「考え事してて」と私は言った。「マリアから電話が来るはずだから」

「まだ就職が決まらないの？」

「まだ」私は言った。「求人広告はどれも『標準中国語を話せる人募集』ばっかり」

「しょうがないよ」姉はため息をついた。「ここはかれらの国になってしまったんだから」

帰り際に、マリアにうちの息子の家庭教師をやるつもりはあるかな、と姉はたずねてきた。姉は忘れていたみたいだけど、私にはわかっていた——週末には息子をメンダキ（政府と提携してマレー人ムスリムのコミュニティが創設した自助団体）の授業に通わせているのだ。夕食のときに食べて、と姉からミーソト（スープ麺）を渡されて、私はお礼を言った。

タクシーで家に帰る途中、姉が息子の家庭教師のことで嘘をついたことを考えた。私も、自分の部屋の引き出しにマリアのトゥドゥンを隠したときに、やっぱり嘘をついた。でも、良かれと思ってのことだと神様はわかってくれるはずだ。もしかすると、マリアは私の言うことを聞いて、土壇場で面接にトゥドゥンをかぶるのはやめたかもしれない。姉の言うとおりだ。もうここはかれらの国なのだし、かれらのルールに合わせないといけない。

突然、携帯電話が鳴った。出てみると、マリアの興奮気味の声がして……車内の音楽がうるさいので、音量を下げてくれと運転手に頼んだ。マリアは息を切らしそうになりながら、仕事をもらえることになったと教えてくれた。神に感謝するんですよ、と私は言いつつ、心中ひそかに、自分の祈りが通じたのだと思った。

マリアが電話を切ると、タクシー運転手はラジオの音量を元に戻した。私の頭のすぐそばにあるスピーカーから、中国語の歌が流れ出す。身を乗り出して、なるだけ親しげな声で運転手に言った。「おじさん《アペッ》、ラジオ局を変えてもらっても？　別の歌にしてもらっていい？」そう言ったのは、マリアはトゥドゥンをかぶって面接に行ったのだとわかっていたからだ。

パヤ・レバー　午後八時

また、あのお気に入りの場所——階段を登りきったところにある、見通しのきかない行き止まりで、金属製のハシゴがあって屋上への跳ね上げ戸に続いている。跳ね上げ戸には南京錠がかかっているが、その男の子の木曜夜のいたずらは、無断侵入ではなく無断欠席によるものだ。学校のカバンのなかにこっそり入れてきたマンガの本は、クルアーンとその書見台と一緒に入っている（クルアーンはつねに高いところに置くべきであり、もし落とすことがあれば、持ち上げて、あご、鼻、額に当てる儀礼的な動きを三度繰り返すことになっている）。

一時間後に帰宅するとき、男の子は、ハジ先生が数ページ進んでいいと言ってくれたよ、と両親に言って、サテーの棒を使った指示棒の新しい場所を証拠として見せるだろう。家にはすでに、欠席したという電話があったことは知らないまま。両親からこってり絞られて、片手をクルアーンに置いて誓わされ、ほんとうのことを涙ながらに打ち明けさせられる。その書物をろくに読んではいないが、十一歳の男の子にとって、その神秘的な神聖さは否定しようがない。

重力

毎週日曜日、バドロンはイーシュンにある元妻の家に行って、娘を連れ出した。元妻の家というよりは、義理の親の家だった。離婚したあとバドロンは自分たちの家を売り、元妻は両親のいるアパートメントに引っ越すことにしたのだ。

午前九時五分、バドロンの携帯に、娘のアティカを連れていってもいいというショートメールが届いた。バドロンはエレベーターで上がっていき、そこから階段でふたつ下の階に行った。扉の前に着くと、鍵はもう開いていた。アティカの着ている白いワンピースは、対になったサクランボの柄だった。

「かわいいワンピースだね」とバドロンは言った。アティカは得意げににっこりとした。「自分で選んだのか?」とバドロンはたずねた。

「イチゴの柄のがよかった」とアティカは答えた。

元妻が口を挟んだ。「ちょうどいいサイズがなくて。店にあったのはぜんぶ小さすぎたから」

バドロンは弁解がましい響きに気がついた。「でも、これもすごくかわいいよ」と言って、アティカの髪を撫でた。

「今日はどこに連れていくの?」と元妻がたずねた。

「エキスポでおもちゃのフェアをやってる」

「またおもちゃ? もう五歳なんだし、絵本でも買ってあげたら?」

「それもいいな」とバドロンは言って、元妻に笑顔を見せた。彼女はそっぽを向いた。

バドロンはアティカを見下ろして言った。「じゃあ、おもちゃと絵本を買うことにしような」

エキスポまでは長い電車移動になる。バドロンとしてはタクシーに乗りたかったが、お金を節約して、アティカがほしいおもちゃを買うほうがいい、と考えた。娘とは週に一度しか会えないのだから、あるもので我慢させるという元妻のような権利は俺にはない。

電車に乗っているとき、アティカは女性の自動音声ではきはきとアナウンスされる駅名を繰り返していた。ビシャンからブラッデルまで電車が地下に入ると、バドロンにも娘の興奮ぶりがわかった。座席に膝立ちになり、両手で顔を挟んでいる。トンネルに入っていく電車は日食と同じくらい重大なイベントで、ヒューッと音を立てる暗闇のなかを筋になって通り過ぎていく蛍光灯は、彗星のパレードのようなものだ。シティホール駅の乗り換えで、アティカは父に、電車がいつくるのかどうやってわかるの、とたずねた。

「上にある画面を見ればわかるよ」とバドロンは言った。

「ちがーう」とアティカは音を伸ばして言って、幼稚園の先生のような辛抱強い口調をまねしてみせた。そして、プラットホームの扉のほうに身をかがめた。「ここに耳を当てたら、風が聞こえるでしょ。そしたら来るってわかる」

エキスポに着くと、ヘリウム風船を配っている男がいた。アティカが選んだピンク色の風船には「おもちゃエキスポ二〇一一」と印字してあった。バドロンに風船の糸を片手に結えつけてもらうと、アティカは満面の笑顔になった。

「しっかり持っておくんだよ、いいね？」とバドロンは言った。そして指で風船を弾き、横にぐらぐら揺らした。風船はすぐにまっすぐになった。名誉ある配置場所からずらされてむっとする歩哨の棒人形のように。

ふたりはあちこちの展示ブースを見て回り、バドロンはおりにふれて、人形やミニチュアのティーセットや、バケツに入った組み立てブロック（予算の二十ドルより安かった）などにアティカの目を向けさせようとした。だが、娘は心ここにあらずといった様子だった。まるで、今回の遠出ではおもちゃをひとつ買いに来たのではなく、展示場にあるブースをひとつ残らず回るのが目的だとでもいうように。あるブースに到着し、そこをざっと眺めると、すぐに次に向かう先を指すのだ。

三十分ほど、アティカの当てにならない興味に付き合って歩くと、バドロンは落ち着かなくなってきた。バドロンが片膝をついて、ボックスやプラスチックのケースを差し出しても、なにを勧めても、娘は中身をろくに確かめもせずに却下してしまう。元妻と買い物に出かけるときもこんな調子なのだろうか。でも、ワンピースは自分で選んだはずだ。だとすると、なぜここのおもちゃには見向きもしないのか。

バドロンはふと、心温まる妄想を抱いた。もしかすると娘は、おもちゃをひとつ買ってしまえばこのお出かけが終わってしまう、と思っているのではないか。ひょっとして、こうすることで父親と一緒にいられる時間を延ばしているのではないか。すると、彼はすっかり物思いにふけってしまった。この世にひとつの生を送り出しておきながら、どうして俺はその生をふたつに割ってしまったのか。俺が面会に来るのは、アティカにとってはありがたい非日常の息抜きなのか、それとも都合の悪い中断でしかないのか。

「父《アャ》さん！」と唐突にアティカが声を上げ、バドロンがくるりと振り返ると、娘は上を見て、すっかり取り乱していた。風船が手から外れてしまったのだ。バドロンはとっさに跳び上がって片手を伸ばしたが、届かなかった。風船はそしらぬ様子で上がり続け、下に残していく喪失感が大きくなっていくのにもおかまいなしだった。そよ風がその軌道をわずかに斜めにして、高い天井が、それ以上の上昇を阻んだ。まるで、風船がついに安息の場所、眠りにつける場所を見つけたかのように。

「父さん、あの風船を取りたい」とアティカはせがんだ。

「もうひとつもらいに行こうか」とバドロンは答えた。「同じ色のやつをもらえばいいだろう？」

「でも、あれは誰が下ろすの？　あのままになるの？　あんなに高いところにあるよ。あんな高いところまで行ける人いるの？」

「そのうち落ちてくるよ、アティカ。心配しなくていい」

「どうやって落ちてくるの？」

　バドロンはぐったりした気分になって説明できなかった。しばらくすれば、風船はしぼむだろう。いつか床に落ちてきたところを清掃係がちり取りに入れる、その光景を考えるとなぜか急に、バドロンは自分が哀れに思えてしまった。どうして、アティカの人生を真っ二つにしてしまったなどと考えたのだろう。俺には自分のものだと言えるような半分などないのに。週末だけの父親だ。娘の一週間のうち、俺にはたった一日しかない。実際には一日にも満たず、毎回六時間でしかない。この先、アティカの人生で俺の存在が小さくなっていってしまうのかどうか、それは誰にもわからない。

バドロンは腕時計を見た。もう十一時を過ぎていた。

　アティカはまだ天井を見上げている。「アティカ、こっちを見て」とバドロンは言った。「父《ア》さん《ヤ》を見て。新しい風船をもらうから。ね、もう行こう。遅刻しちゃうよ」

夜のシンガポール

「ボブ」と呼ばれるようになったのは、いつのことだっただろう。ライブの音響係として手伝いを始めたときか。「ボブ」というのは、あだ名というよりは役柄のようなものだ。小太りで肌が黒く、音響技術に関わるマレー人の男は誰でも「ボブ」と呼ばれていた。面白いことに、もうひと回り太っていれば「ボボ」と呼ばれることになる。

ボブがスザンナに出会ったのは、エスプラネード・シアター（訳注　マリーナ湾にある芸術センター）の野外劇場で開かれた、地元ミュージシャンのためのコンサートだった。彼女は「フェアリーダストボール」というガールズバンドのボーカルで、アンビエント系の音にミニマルな歌詞が繰り返し絡む曲を次々に演奏していた。スザンナは少女のような細めの声で、ステージに立つときには、か弱くX脚気味の、無邪気な少女の姿勢になった。

それは独特の演出だった。観客に向けて自己表現することを拒み、そのかわり、悩ましげでプライベートな空間に引き込むのだ――そっけなく暗号めいた日記の書き込みか、心に入ったほんのわずかなひびか。実際のところ、歌っているときのスザンナは観客のほうをほとんど見ようとしなかった。そのひとりよがりでありながら妙に惹きつけられる演奏によって、彼女は謎として受け止めてもらいたいと宣言していた。

ライブ後の夕食会で、スザンナがすぐそばのテーブルにいることにボブは気がついた。身を乗り出して話しかけてみた。「さっきの演奏、よかったよ。新鮮だった」それが心からの言葉ではないことはわかっていた。それまでにも、一般受けは狙わないというポーズを取ってインディー系のかっこよさを主張しようと躍起になったライブは見たことがあった。それから、正直に言えば、スザンナの歌のいくつかは気まぐれさとあざとさの中間で危うく揺れていた。

スザンナは笑顔になった。左の頬にだけえくぼがあり、その不釣り合いさが(右のえくぼはどうして消えてしまったのだろう?)、謎めいた鋭さを美しさに添えていた。

どんなシンガーが好きなの、とボブはたずねた。

「キャット・パワーとか好き」とスザンナは言った。「ファイストもけっこういい」

「もうちょっと地元寄りのところだと？」とボブは言った。

「ああ、そういうことね。ユナとかはそれなり。ジィ・アーヴィもありかな。シーンに新しいサウンドを持ち込んでる。流行りの歌ものじゃないから。シティ・ヌールハリザとは違って。ニン・バイズーラとかも、それから、ほら、ダヤン……」

「ダヤン・ヌールファイザ？　本気でR&B目指してるよね」

「でしょ」とスザンナは言った。「なんであんなに黒っぽい音を出そうとするんだか。で、あなたの好きな歌手は？」

ボブは少し考え込んだ。すでにひとつ、真っ赤な嘘をついてしまった。スザンナと知り合うのに、このうえさらに嘘を重ねるのはよくないだろう。

「サローマが好きなんだ」とボブは言った。

「サローマ？　それって、P・ラムリーの奥さんの？」

「お気に入りの歌手は誰ですかってカルティナ・ダハリが訊かれたことがあってさ。サローマって言ってた」

「カルティナ、なんて人？」

「カルティナ・ダハリを知らないの？　彼女もシンガポール生まれだよ」

「それって、サローマもシンガポール生まれってこと？」

「パシ・パンジャン育ちだよ。実は僕の好きな歌手四人はみんなシンガポール出身なんだ。サローマ、カルティナ・ダハリ、ラフェア・ブアン、シャリファ・アイニ。それから、ここが面白いんだけど、サローマはマレー人、カルティナはジャワ人、ラフエアはバウェアン人（訳注　バウェアン島はインドネシアの小島）、シャリファはアラブ人だ。それでみんな、すごいマレー音楽を生み出した」

「すごい」とスザンナは言った。「そんな昔の歌を聴いてんの？」

「いつだったか、シンガポールについての歌を探しててさ。そしたら、『クロンチョン・シンガプーラ』って曲に出くわした。『夜のシンガポール《シンガプーラ・ワットゥ・マラム》』って名前もある。サローマの曲なんだ。ちょっと聴いてみる？」

「いいよ」

ボブはＭＰ３プレーヤーをバッグから取り出した。誰かに音楽を聴かせるときは、いつもわくわくした。別の人の耳を通じて再発見があるからだ。それからもちろん、自分とスザンナのふたりが、イヤホンのコードで耳と耳がつながっているというのもわくわくする。コードのおかげで、ふたりはかなり近づくことになるだろう。肩が触れ合うほど近くはなく（この時点では、まだだめだ）、かといってコードが危なっかしくぴんと張るほど離れてもいない。

歌が流れ出した。ボブは心のなかで思った。スザンナはクロンチョンになじみがあるだろうか。それはインドネシアの音楽で、複雑で重なり合う旋律が、笛、ギター、ピチカートのチェロかコントラバス、そしてもちろん、ウクレレに似たクロンチョンによって奏でられる。その小型のギターを持ち込んだのはポルトガル人で、のちにインドネシア人やハワイ人たちが自分たちなりにアレンジしたものだ。その音は島独特のもので、笛と合わさってけだるく物憂げな感じになり、海からの微風にココナッツの葉がつまびかれているような響きになる。

のちに、ボブはスザンナに説明した。自分にとってのクロンチョンとは、ふたつの海の民が出会うところ、ポルトガル人の「サウダーデ」とマレー人の「リンドゥ」、ともにほかの言語では言い表せない切望の言葉の交わりなのだ。そして、「夜のシンガポール」という一九六二年の曲は、単に切々とした個人的な思いだけでなく、政治的な思いが込められている――マラヤ連邦と合流したいという願い。たとえば、こんな詞がある。

栄えるシンガポール
平和と調和に満ちていて
日に日に豊かになる
マレーシアの一部として

「最近じゃ、歌詞に『シンガポール』って入ってるのは独立記念日用の歌しかない」とボブは言った。

「こういう曲、もっと聴きたいな」とスザンナは言った。そこで、ふたりは電話番号を交換した。「スージー」で連絡先に登録してほしい、とスザンナはこだわった。それから二週間、彼女がオンラインだとわかるといつも、ボブはチャットして、自分の好きな曲を送った。音楽をすぐにデジタル化して送信するなんてむりだった一九五〇年代だったらよかったのにな、と思うこともあった。スザンナにはビニールのレコードを手渡したかった。そうすれば、どうしても会うことになるからだ。

ある夜、もう自分に嘘をつくのはやめよう、とボブは決心した。僕はスザンナに恋をしている。そこで、「リンドゥ」という言葉を添えてショートメールを送った。

「なに?」と返信が来た。

「恋しくってさ。また会えたらいいなって。あの夜、ステージできみを見たときに思ったんだ。きみが……運命の人だって」

スザンナからは、まる五分にわたって返事がなかった。そして、ボブの携帯電話が鳴った。

「ごめんね、ボブ。でもあなたのほんとの名前も知らないし」

「訊いてこなかったよね」

「それがすべてじゃない? もしわたしも同じ気持ちだったら、最初から名前を訊いてるし」

ボブは携帯電話の電源を切った。それまでの二週間のどこかで、彼は夢見ていた。ボブとスージー、おたがいをそう呼び合うのだ。P・ラムリーとサローマが、おたがいを「レミー」と「サリー」と呼んでいたように。サローマをまた聴きたくなった。あの歌声。軽やかで澄んでいるが、軽薄ではなく、母音がひとつひとつの言葉をガラスを吹くように膨らませ、形と重みを与える。完璧な子守唄になるだろう。今、ボブは眠りたい一心だった。

夜のシンガポール
きらめくネオンの光
高く輝く店
比べようのないまばゆさ
ずっと昔から書かれてきた
シンガポールはいつも物語に満ちていた……

お客

ヒダヤはあらゆる手を使って、ニューヨークに来るのを両親にあきらめてもらおうとしたが、どうやってもうまくいかなかった。ヒダヤの父親は小学校の教師を定年退職したところで、年金から旅費を出すことができた。そのお金を使ってメッカに巡礼《ハジ》にでも行けば、と言おうにも、両親はその四年前に巡礼を終えていた。

「なんだか会いに来てほしくなさそうだな」と父親は言った。

「パパ《アバ》、こっちはすごく冷えるから」

「電話していても、おまえの歯がカチカチいってるわけじゃないだろう」

「だって今は室内だし」

「じゃあ、母さんと一緒にそっちに行って室内にいればいい」

「旅行に来て室内にいるだけって、なんの意味があるの？」

実際には夏休みのことだったので、すごく冷え込むというヒダヤの言葉には多少の嘘が混じっていた。気温は二十五度から三十度のあいだだろう。それでも、ヒダヤが思うに、親がシンガポールで慣れた気温からすれば寒いはずだ。

両親が訪ねてくることが、どうしてそこまでいやなのか、自分でもわからなかった。ハウスシェアをしている不動産王の一人娘は、夏のあいだは香港に帰ることにしていたが、ありがたいことに四カ月間ずっと家賃の半分は払うと言ってくれていた。つまり、ヒダヤの親が泊まれる場所があり、ホテルを使わずにすむ。

いやだと思うのは、ヒダヤがすでに夏の予定を立てていたからかもしれない。大学の書店でのバイトはもう決めていたし、それが終わればほかのニューヨーカーたちと知り合いになって街歩きするのを楽しみにしていた。ニューヨークに来て最初の学期が終わったばかりで、まだ環境に慣れようとしているところだと自分では思っていた。

たとえば、クラスでは、自分をうまく表現できていなかった。クラスメートのなかには、彼女のことをフィリピン人だと思っている人もいれば、ヒスパニックだと思っている人もいた。シンガポールの出身ですと言うと、つかのま、その場にいる人たちの顔には理解したような表情が浮かぶが、それは誤解なのだとヒダヤにはわかっていた。そのあとはしばらく、シンガポールは中国の一地方ではないとか、香港とも台湾とも近くはないとか、自分は中国人ではない、という説明をするはめになる。

もう少し旅慣れたクラスメートたちは、東南アジアという地域があるのだとわかってはくれているものの、それもバンコクやバリでの休日で羽目を外したというだけだった。そして、自分はムスリムだと明かしたヒダヤは、これについてもちゃんと筋道を立てて話をしなければならないのだと知った。中東や亜大陸にいるムスリムたちとは、またちがうのだと。極めつけは、わたしはマレー人です、と言ったときで、これまたひととおりの解説が必要だった――マレーシア人じゃないし、移民の一家でもないんです。「先祖がマレーシア出身だとしても、狭い海峡を渡るだけなので移住とは言いません」

それが終わっても、あとで「マーレー」やら「メイレー」と変な発音をするクラスメートがいる。

ヒダヤは思った。ニューヨークで自己紹介をするというのは、単に紹介するのではなく、解説もするということなのだ。どうにかして、そのふたつを合体させられないものか。ひょっとすると、自分をどの順番で紹介するのかが秘訣なのかもしれない——アジア人、マレー人、ムスリム、シンガポール人。この四つの分類を提示する組み合わせは十六通りある。そのうちのどれを使えば、ニューヨークではわかってもらえるのだろう。

そのことを踏まえると、両親がニューヨークで気持ちよく過ごせるのかどうか、ヒダヤには疑問だった。もちろん、ニューヨークはおそらく世界一コスモポリタンな都市なのだし、住民たちはたいてい、外から来る人たちに対して田舎くさい好奇心をむき出しにはしない。そうはいっても、この都市の目もくらむような多様性が目に余るとなったら、チャイナタウンやロウアー・イーストサイドのユダヤ人街のように、親が引きこもれるようななじみの飛び地があればありがたいのに、とヒダヤは思った。ヒダヤの知るかぎり、故郷を離れたマレー人たちが作っている社会は、南アフリカにいるケープマレーと、スリランカマレー、スリナムで契約労働をしているジャワ人の子孫くらいのものだった。

親にとっては、ニューヨークはいろいろと目新しいものだらけだろう。自分もその目新しさの一部に見られては困る、とヒダヤは不安だった。街の気候に合わせて着る服が変わったという自覚はあったが、ほかにも自分でも気がついていない変化があるかもしれない。新しい訛とか、人前で見せるようになった姿勢とか態度とか。妙におとなしいところや、強盗を狙う人に対してフェロモンを発散するような、目を見開いた新参者の雰囲気はなくなっていた。街で一番のハラール料理を食べられる店はどこかとか（彼女はケバブとサラダですませていた）、一番近いモスクはどこかとか訊かれたらどうしよう。

数週間がさらりと過ぎて、ある日の夕方、気がつくとヒダヤはジョン・F・ケネディ国際空港の到着ロビーにいた。そして、両親が目に入った。父親は青いウインドブレーカー、母親はベージュのカーディガンを着ている。母親は白い花柄がプリントされたピンクのトゥドゥンもかぶっていた。親がそんな上着を着ているのは初めて見た。節約好きな両親のことだから、新しい服をそろえるよりはと、友達や親戚から借りてきたのだろうか。

娘を目にすると、両親は笑顔になった。ヒダヤは思い出した。小さかったころ、家に客が訪ねてくると、いつも父親が呼び出しに来た。部屋の扉をノックして、居間に来てお客さんに挨拶《サラーム》しなさい、と言うのだ。それにむっとしてしまうこともあった。ヒダヤが内気な子だということもあるし、自分が顔を見せるのは礼儀を演出しているだけで、親としての腕前をひけらかしているように思えるときもあったからだ。

ところが今は、挨拶をすることがごく自然なように思えた。何人かの通りがかりの人たちから不思議そうな目を向けられつつ、ヒダヤはふたりの右手を順番に取り、軽く身をかがめると、その手を自分の鼻に当てた。ヒダヤにとって、それはどこか周囲を意識したしぐさになりえたかもしれない。自分の文化、他人になかなかうまく説明できない文化の一面を演じてみせるのだ。

だが、ヒダヤにとってそれは、個人的な行為であり、おごそかな敬意と穏やかな愛情を両立させる方法だった（お辞儀は堅苦しいし、抱擁はなれなれしい）。かつて、家から出るときに母親に挨拶《サラーム》をしたかったが、魚のうろこを取ったばかりで生臭いから、と断られたことを思い出した。それでもヒダヤは挨拶をしていった。だが今回は、親の手はどちらも、機内の乾燥対策に塗った保湿クリームの匂いがした。娘に会うためだけに、ふたりは十八時間かけてやってきたのだ。

カンポン・グラム　午後十時

ウェイターがまた、燃えさしを持ってきて――トングでつまんだ宝石だ――水タバコのパイプのアルミホイルに置く。若者たちの一団は店舗と住宅を兼ねる建物が作る影に入って、それぞれの兵役キャンプの情報を披露し合っていた。全員が軍に入隊することになったわけではない。シンガポール警察部隊に徴兵されたり、民間防衛隊に入った者もいる（訳注　シンガポール人男性は十八歳から二年間の兵役を義務付けられている）。

かれらはいびり好きな上官や、のろまな仲間や、変人と同室になったらどうするか、といった話をした。それぞれの厨房で出される食事のレベルや、訓練の厳しさ、「福祉」という名でもらえる特権（というよりは譲歩だろうか）を比べ合った。特定のタイプの人間が何度も話に出てくる。同性愛者と思われる男、うつ病のふりをするガリ勉、上官たちの神経を逆撫でする不良のリーダー格、そして、こういう人が身近にいてくれたらな、とみんなが思う、口汚いおじさん風情の手ごわい将校。

東洋風の絨毯の上に集まり、かれらは嘘のような話を紡いでいく。翌朝になれば、ここを出ていくことになるのが怖い。自分たちにとっての文明から去らねばならないのだ。二年間にわたって。週末と、休暇を消化する期間を差し引いたとしても、少なくとも合計六百回もの野蛮な夜を過ごさねばならない。

借り物の男の子

孤児院に入ったとき、ジュナイダは期待に胸を膨らまさずにはいられなかった。夫とハイケルが車内に残るほうがいいと言ってくれてよかった。家族に迎え入れるにあたって最初に出会うのは私になるから、私が男じゃないといっても、その子は今日はずっとそばにいてくれるかもしれない。クリーム色のトゥドゥンを着けた女が待っているカウンターは、光沢のある緑色のリボンで編んだクトゥパで飾ってあった。お知らせの掲示板には子どもの絵が何枚も貼ってあって、多くには「新年おめでとう《スラマ・ハリ・ラヤ》」（訳注 ハリ・ラヤは断食月（ラマダーン）明けの新年を祝う祭りが開かれる期間）という言葉が書き込んであった。家族ではなく子どもたちを描いた絵がほとんどだということに、ジュナイダは気がついた。とはいっても、子どもたちは笑顔だ。

ジュナイダが名乗ると、受付係の女はリストをチェックして、「八歳の男の子をご希望の方ですね？」と言った。もしかしてそれはめったにないような要望だったのかも、とジュナイダは申し訳なく思った。無茶な要求をするような人だとは思われたくなかった。受付係は微笑んだ。「私が連れてきます。みんな上の階にいますから。ちょうど朝ご飯が終わったところです。今日のメニューはロントン（マレー料理の伝統的な餅）とルンダンでした。年に一度だけですよ。まずはお座りになってください」

ジュナイダは革のソファに腰を下ろした。片方の肘かけに穴が開いていて、ベージュ色のスポンジの詰め物が見えていた。誰か、おそらくは子どもが、緊張していたか退屈していたせいで、爪でそこをほじくり、スポンジに指を突っ込んだのだろう。孤児院が学校のような外観なのは意外だった。ファサード近くの四角形の庭には国旗がふたつ掲げられ、教室でもおかしくはないような三階建ての建物だった。とはいえ、実際には寄宿舎なのだが。

子どもたちを上の階に入れておくのは名案だ。子どもたちの目の前を通っていくことになるのではないか、とジュナイダは不安だった。自分が入ってきたときにはわくわくした顔つき、出ていくときにはがっかりした顔つきを見ることになってしまう。そうなると、もうひとり、またひとりと、車に入れられるだけの数の子どもを希望してしまったりしただろうか。

ほかのみんなを差し置いてひとりを選ぶのは、けっこう残酷なことなんじゃないだろうか。そうはいっても、その子を選んだのは孤児院だ。ひょっとすると、いい子にしていたご褒美として、ある一家に一日だけ迎え入れてもらえることになったのだろうか。自分は一時的にもてなすだけで、その男の子はお客さんなのだと思うと、ジュナイダは少し気持ちが楽になった。今日の私の役割はおもてなしの精神によって決められているのであって、あれこれ妄想をこしらえる必要はない。その子を自分の息子のように扱うつもりはなかった。男の子のほうも、今回の家族企画が一時的なものでしかないとわきまえているべきなのだ。

いつも自分はそこまで用意周到なわけではない、とはジュナイダもわかっていた。断食の月にテレビの特集番組を見ていると、ダルル＝イサン孤児院の子どもたちが取り上げられていて、それに心を揺さぶられたせいで夜にきちんと眠れなくなったのだ。あとで仕事から帰ってきた夫にその話をするだけで泣いてしまった。親のいないその子たちにとって、ハリ・ラヤは自分たちにないものを見せつけられる痛ましい期間でしかない。クッキーやビスケットであふれる瓶もなく、きっちり折りたたんだ紙幣でポケットが膨らむわけでもない。なにもない祝祭。自分たちがどれだけ幸運か、私たちはわかっていないのよ。このありがたさをほかの人にも味わわせてあげる義務があると思う。

翌日、ジュナイダは孤児院に電話をかけて、選ばれた子どもたちを「本物のハリ・ラヤ体験」に家族が招待するプログラムへの応募について問い合わせ、申し込んだ。電話を切ったときは、ほかの人を幸せにしたのだという高慢な幸福感で頬が赤くなった。

五分後、受付係が男の子を連れて戻ってきた。マイディーンという子です、と受付係は言い、通常とはちがう英語の綴りをジュナイダに教えた。肌の黒い、ジャウィ・パランカン、つまりはムスリムのインド人とマレー人の血筋の子だった。ジャウィ・パランカンについてジュナイダはあまり知らなかったが、かれらの名前の「イ」が「イー」になるのを面白いと思うことはあった。ファティーマ、ジャミーラ、ラティーフ。

マイディーンは恥ずかしそうに下を向き、そのあいだ受付係がジュナイダに話をした。小学校二年生で、バドミントンが好きで、かなり控えめな性格の子です。男の子はピンク色のサテンのバジュ・クルンを着ていて、肌の色とは合っていなかった。ジュナイダはその子の太く形のいい眉毛、高い頬骨、そしてつんとして鉤形に近い鼻に目を留めた。歳のわりには背が高く、ジュナイダからすれば八歳はまだ体ができあがっていないはずだが、その子の顔つきがどう大人びていくのかがもうわかった。かなりの美形になるだろう。

「ご飯は食べた？」とジュナイダは男の子にたずねた。

「はい」

「おいしかった？」

マイディーンは頷いた。それから片手を伸ばして、ジュナイダの手のなかにすべり込ませた。親しみをこめたそのしぐさに、彼女は衝撃を受けた。この子は、ここから出ていきたくてしかたがないんだ。ジュナイダはいくつかの書類にてきぱきと記入をすませ、受付係にお礼を言うと、マイディーンを連れて建物から出た。その途中、彼女は考え込んだ。手を握るというのは、この子にとってはほとんど反射的な行動なんじゃないか。来る年も来る年も、毎回ちがうハリ・ラヤの里親のところに出されたせいなんじゃないだろうか。

ということは、自動的に手を握ることについては、最初の考えは間違っていたことになる。あれは動物的本能や欲求というよりは、習慣の結果、もしかすると打算の結果なのかもしれない。私が初めてじゃないんだ、とジュナイダは心のなかで呟いた。しばらくして、気がつくと、自分の家族の車に向かって満面の笑顔を見せていた。がっかりした気持ちを隠すための笑顔、そして、そもそもなぜがっかりしたのかと面白がるような笑顔。

プレイバック

その曲が終わると、ハイリおじさんは茫然としたまま立っていた。片手でカラオケのマイクを握りしめている様子は、そうすることでしか現実をしっかりつかんでおけないかのようだった。曲がかかっているあいだひと言も発しなかったが、歌詞は覚えていたし、字幕の助けはいらなかった。歌詞の言葉の上をボールが弾んでテンポを示すのではなく、左から右に文字が黄色くなっていくタイプの字幕だった。

映像にはハイリの息子が映っていた。二年前に家を出ていった息子が。

息子は資格免許をもらって地元の芸術大学を卒業し、コミュニティセンターを拠点とする劇団でのアマチュア演劇に関わっていた。ハイリは一度、その公演を観に行って、これは一体なんなのかと訝しんだ。舞台には、三つの白い立方体が置いてあるだけだった。頭上の横棒からロープが下がっていて、誰かがそれをよじ登ることになるのか、とハイリは気になってしまった。

俳優たちは観客に向かって、詩的だが重々しいマレー語でセリフを並べ立てた。息子は助演陣のひとりで、その息子の体が床でよじれたり固まったりして、片腕がスポットライトに向けて伸びているのを見ると、ハイリは恥ずかしくなった。次はなにが起きるのか、という緊張感が湧いてこなかったせいで、話の展開についていけなかった。俳優たちの体も声も、あまりに不自然に張り詰めていて、固まった額に汗が浮き、荒々しい独白のときには派手に唾が飛ぶ。そのせいでしょっちゅう気が散ってしまった。

上演が終わると、どうだったかと息子がたずねてきた。ハイリには、「じゃあ、主人公はラストで自殺したのか？」としか返せなかった。それは観客に考えてもらうことになってるんだよ、と息子は説明しようとしたのだが、ハイリからすれば、作品は未完成なのだということでしかなかった。テレビの連続ドラマのように、さあどうなる、という場面でその劇は終わっていた。その疑問に答えてくれる続編が出たとしても、観に行くかどうかは怪しいな、とハイリは思っていた。だが、それを息子に対して口には出さなかった。

じきに息子はテレビドラマのオーディションを受けるようになったが、ほとんど役はもらえなかった。最初はマレー語テレビ局のキャスティングのオーディションを受けて、それから英語のテレビ局で運試しをしてみることにした。ハイリは苛立ちを隠せなかった。彼からすれば、息子はいつまでも幻想を捨てられずにいるのだ。

「5チャンネルでなにができると思ってるんだ？　警察官の役とか？　警察官の役をもらえるのは、アーロン・アジズみたいな二枚目なんだぞ」

「父さん《パパ》、テレビの役にもいろいろあるんだよ」と息子は答えた。

「テレビで一発当てようと思えば、『シンガポール・アイドル』に出るしかない。ほら、あれならマレー人の若者が勝つこともある。あいつらが決めるわけじゃないからな。投票で決まるだろ。問題は、おまえは歌が下手だってことだ」

ふたりの口論は次第に頻繁に、そして辛辣になっていった。妻を亡くしていたハイリは、家に女手があればと思っていた。息子にはなるだけ早く結婚してほしかった。だが、身を落ち着けるには、まずはまともな仕事を手に入れねばならない。

「身の丈をわきまえろ」ある日、ハイリは息子に言った。

「どういうことだよ?」

「そんなバカみたいな夢を追いかけたところで、どこにもたどり着けやしない。シンガポールではむりだ」

「じゃあ、シンガポールなんか願い下げだ」

その週のうちに、息子は荷造りをすませていた。クアラルンプールに発つつもりだった。そして、二年間の不在を経て、息子が戻ってきた。居間の、カラオケの映像のなかに。コーズウェイの向こう側（訳注　ジョホール海峡を渡った先のマレーシアのこと）にはもっとチャンスがある、と息子が言っていたのは、このことなのか? 結局は画面のなかを亡霊のように動いて、桟橋や木の手すり、岸にけだるげに打ちつける波と変わらない背景でしかない。これなのか? 別のミュージシャンの歌をカバーする伴奏に合わせた、むなしい映像になることだったのか?

これまた屈辱的で、実のところ悲しい皮肉がある。その曲を歌っていたのはラムリ・サリップ、マレーシアで実際に人気を獲得した数少ないシンガポール人歌手なのだ。そこに、これまたシンガポール人である息子、それほど才能にも運にも恵まれなかった息子が、曲に合わせて口パクをしている。その曲をもう一度かけてみることにした。息子が出てくる。茶色いバジュ・クルンを着てソンコック帽をかぶっている。最後に見たときよりも、少し太っている。肩幅が広くなり、頬も落ちくぼんではいない——つまり、麻薬に手を出してはいないということだ。その息子が浜辺を歩いていて、画像には濃淡の度合いがついた朱色のフィルターがかかって日の入りを表している。あるいは、日の出か。イントロが終わり、歌が始まる。

人生をまだ旅してる俺
世界の十字路でずっとためらってる
道を渡り、橋を渡り
森も海原も渡り
永遠に続くなにかを探し求めてる

一回目のサビが終わると、ハイリは次の歌詞に合わせて歌い始めた。昔のマレー映画にはよく、折々にミュージカルの曲が挿入されていたことを思い出した。モモ・ラティフはシプット・サラワクのかわりに歌っていた。ノーナ・アジアはザイトンの、アジズ・ジャファルはアフマド・マフムドの、アブドゥッラー・チクはノルディン・アフマドの声を務めていた。インド映画で映画スターのかわりに録音用《プレイバック》の歌手が歌うというしきたりにならったものだ。だが、映画を観ていて、その幻想の虜になっている観客にとって、声と体はひとつになっている。

兄と弟

ある土曜日の夜に、兄のヘルミ（といっても十分先に生まれただけ）は青の合金色をきらめかせるＢＭＷの新車でやってきた。両親と僕を連れて、アウトラム近くのビュッフェレストランに行くことになっていた。兄の車のナンバープレートは前の車とまったく同じで、「ＷＭＤ」という字で始まっていた。兄が飽きずに言い続ける冗談だ――大量破壊兵器《WMD》をイラクで探してるなんて、アメリカ人は見当ちがいもいいところだ。タマン・トゥン・ドクター・イスマイルの郊外を探してみればよかったものを（訳注　タマン・トゥン・ドクター・イスマイルはクアラルンプール郊外の住宅街。アルカイダのマレーシア人メンバーが大量破壊兵器を製造しようとして二〇〇二年に逮捕された事件を指すとみられる）。

インドネシア料理のレストランに着くと、シンガポールでおいしいマレー料理を見つけるのはほんとうに大変だよな、とヘルミは言った。マレー料理の生サラダ「ウラム」を二十種類出してくれる大テーブルの話をした。「ナシクラブ」、蝶豆の花で青く色づけされた米を盛るマレー東岸のごちそうのことを口にした。

「今度クアラルンプールにみんなで行くときは、〈カンポン・バル〉に食べに行くから覚えといてくれ」とヘルミは言った。

三年前にマレーシアの永住権を得てから、ヘルミは僕らにも、クアラルンプールに移ってこいよ、と誘ってきた。それまで十年間、民間テレビの会計部長として働いていて、今では社内の出世街道をひた走ろうとしている。一方の僕は、シンガポールでドキュメンタリーのカメラマンの仕事をしていた。

グラスに入ったアボカドジュースをすすりながら、ヘルミは言った。「履歴書を送ってもらえると思ってたけどな」

「まだ時間がないから」と僕は言った。

「前回頼んだのは三カ月前だぞ」

「忙しかったんだよ。先月、メダンでドキュメンタリーの撮影があったから」

「もう推薦状は用意してあるんだ」

両親が気まずそうにもぞもぞしているのがわかった。僕には気に食わない話だ、とふたりとも知っていた。ヘルミは便宜を図ってやろうとして、そうすることで兄としての優位を見せつけてくるのだ（そして、ほんのちょっぴり先に生まれたことをひけらかそうとする）。夕食の席でヘルミとけんかを始めるほど、僕はばかじゃなかった。同時に、僕らの生活が兄の支援にかかっていると思うなら、それは勘違いだと言わずにはいられなかった。

「前にも言っただろ」と僕は言った。「あれこれ手を回してくれなくていい」

「おまえの歳なら、もうプロデューサーになっててもおかしくないんだ」

「でも、製作は好きじゃない。現場にいたいんだ。機材を使って仕事するのが性に合ってるんだよ」

「一度くらい、静かに食事できんのか」と父さんが割り込んできた。「料理の前で言い争うのはやめろ」

あとで、両親が寝静まると、ヘルミは居間でＤＶＤを観ている僕のところに来た。音を消して眺めていると、兄はコーヒーカップを片手に、そばの肘かけ椅子に腰を下ろした。

「バスでなにがあったのか、母さんから聞いた」とヘルミは言った。

「あれは一度きりのことだ」と僕は言った。

「これからもっと起きるようになる」

「なんでわかるんだよ？」

「いいか、ハズリ。この街は変わりつつある。俺たちが小さかったころとはもう別物なんだ。いつか中国からバス運転手を雇うようになるなんて、考えたことあったか？（訳注　シンガポールの大手公共交通会社SMARTは二〇〇七年ごろから外国人バス運転手の採用を開始し、二〇一二年には二千名中四百五十名が中国人の運転手だった）英語が一言も話せないような運転手を？　母さんみたいな人は、どうやって行き先を確かめればいいんだ？　俺たちが中国語を覚えればいいのか？」

「新しい言葉を覚えるのは別に悪いことじゃない」

「母さん《マッ》と父さん《アヤ》がカンポンで暮らしてたときは、近所の華人たちにはマレー語で話してた。俺たちの世代は英語を使ってる。次の世代は何語を使うことになる？　それを話せなきゃ損をする、そんな環境が作られてきてる。市場の力を使って作ってるんだ。ひとつしか言語を使えないやつらを輸入して、俺たちに圧力をかけてるのさ」

「安い労働力ってだけだろ。深読みしすぎだよ」

「じゃあ、シンガポールの華人比率を七十五％で維持しようって方針はどうなんだ？　あいつらの出生率が一番低いわけだから、海外から外国人を連れてきて数字をクリアしなきゃならない（訳注　二〇一〇年〜二〇一八年の華人の出生率は0.98〜1.18のあいだ、マレー人の出生率は1.64〜1.85のあいだを推移している）。それはどうなんだ？　どっちが優先される？　シンガポール人でいることか、華人でいることか？」

「それはマレーシアでもそうだろ。インドネシア人ならすぐに在住許可をもらえる」

ヘルミはカップに入ったコーヒーを混ぜてすすった。夜によく寝れていないのだろうか。僕と同じように。僕は横になってもぞもぞしたあげく、コーヒーを一杯淹れて目をすっきりさせることがあった。起きてなにか仕事をするほうが（たいていは読書とかＤＶＤ鑑賞だ）、むりに眠ろうとするよりましだ。ヘルミの顔を見て、夜明けの鏡で僕を見つめ返してくるような目の下の隈が出ていないかと探ってみた。

「ハズリ、俺もおまえも同じだよ」ヘルミはだしぬけに言った。まるで僕の心を読んだかのように。

「どういうこと？」

「俺もさ、シンガポールはちがうんだって思ってた。俺たちにはちがうルールがあって、基準もちがうんだって。でも、同じなんだって気がついた。結局は人種で決まってしまうんだ。土地の子、黄帝の子。あいつらだって同じだ。でも、同じだからって平等だってことにはならない。支配するか支配されるか、どっちかなんだ」

「だから、支配できるところに行くってのか？」

「シンガポールには俺たちの未来はない」

「ヘルミ、俺たちの過去はシンガポールにあるんだ」

「過去ってなんのことだ？　ユーノスのマレー人地区（訳注　二〇世紀後半の土地開発により立ち退きを余儀なくされた）がどうなったのか思い出せよ。イスタナ・カンポン・グラム（訳注　ジョホール王国の宮殿。シンガポール独立により国有地となった）が。ビダダリ（もとはジョホール王の妃たちの住居があった。二〇世紀初めに墓地となり、二一世紀に宅地開発のため移転させられた）もだ」

「じゃあさ、俺たちが出ていったら、誰があとに残るんだ？」

ヘルミはため息をついた。「おまえさ、いつも湿っぽいよな」

「おまえはどうなんだ？」

「ハズリ、俺は割り切ってる」

「そこがいかにもシンガポール人なんだよ、ヘルミ。自分で思ってるよりよっぽどシンガポール人ぽいかもな」

ヘルミは微笑んで、もう一口コーヒーをすすった。この件について、もう話は終わりだとわかった。少なくとも、今のところは。ちょっとした静けさが僕らのあいだに降りてきていた。それは行き詰まりの静けさなのか、休戦の静けさなのか。

カラン　深夜十二時

母親の葬儀の三日後、彼女は冷蔵庫の上にノートを見つける。ラジオから書き取ったレシピがみっちりと書き込まれている。小さな草書体の字だがていねいに書かれていて、ラジオのアナウンサーが食材と手順を読み上げていく速さに合わせて書いていくにはそれなりの技が必要だったにちがいない。黄ばみかけてまだら模様になったページをめくる娘は、ふとした悲しみを覚える。母親が書き物をした証拠はこれだけなのに、書き取ったものでしかないのだ。

母親が手紙で心の内を打ち明けたことはあっただろうか。詩を書いたことはあるのか、考えてみるのはおかしなことだろうか。「！」を使ったことはあるのか。何オンスやら小さじ何杯やらが書かれたこのノートは、いったいなにを物語っているのか。

姉が台所に入ってきたので、彼女はその疑問を話す。姉は首を振って、こう答える。

「母さんがなにも書かなかったからって、自分を表現できずじまいだったわけじゃない。料理になにを込めてたと思う？　そのノートは半分でしかない。残り半分が母さんだったんだよ」

星の丘

学校が休みに入ると、シャジーラとヌルディィヤナはいつもクアラルンプールに行くようにしていた。長距離バスに乗って、つつましい三つ星ホテルに三泊するために貯金を欠かさなかった。

ふたりの両親が一緒にいないと、クアラルンプールはちがう街だった。もう親のあとについて手芸品市場に行き、母親たちが派手なバティックのスカーフを見てうれしそうな声になるのを見ることも、シンガポールではハラールではない「西洋風」レストランに行き、父親たちがグリルステーキやローストチキンに感激しているのを見ることもない。

親たちのクアラルンプールのイメージにはどこか田舎くさいところがあり、なじみがある（誰もがマレー語を話す）と同時に自由な場所（食事の制約がほとんどない）という扱いだった。だが娘たちは、その街が単に巨大なゲイラン・セライ（訳注　シンガポール都心部近くにあるマレー人街）のバザールではないことを知っていた。そこには脈打つエネルギーと、シンガポールには見当たらない、目もくらむようなコスモポリタンな雰囲気があった。あるとき、パヴィリオン・ショッピングモールの目の前で信号を無視して歩いたあと、シャジーラとヌルディヤナは理解できない光景に出くわした。チャードル（訳注　イランの女性が外出時に着る、全身を覆う布）を着たイラン人の女たち、清掃サービスのポロTシャツを着たミャンマー人の男たち、そびえ立つようなスカンジナヴィア人のバックパッカーたち。

それに、彼女たちにとっては、クアラルンプールのナイトライフのほうが、出会いの可能性に満ちていた（歩道に堂々と停まっている車、どの民族出身かはっきりしない顔の数々）。シャジーラとヌルディヤナのお気に入りのスポットに、ブキッ・ビンタンの通りがあった。地元民ではないので、その地名の元々の意味の清らかさが心に残っていて（訳注　ブキッ・ビンタンはマレー語で「星の丘」という意味）、名前が出るだけでうっとりとして、人々が登っていって星を眺める丘の光景が目に浮かんでくる。

ある夜、シャジーラとヌルディヤナはチャンカット・ブキッ・ビンタンにあるバーに行ってみることにした。インターネットのガイドページによると、「各国から移住してきた人たちと地元の人々でにぎわう」とのことだった。ふたりは一時間近くかけてヘアアイロンをかけ、服の組み合わせを選び、アイライナーが書道のような完璧な上向きの線で仕上がるようにした。それをすべて終えると、香水をスプレーでふりかけ、自分たちの外見が必死に整えたものではないという印象を作ろうとする。自分たちは色と香りのさりげない霧なのだ。

シャジーラとヌルディヤナは、いつも自信満々でクアラルンプールを歩き回っていた。自分たちが魅力的だと知っていたからだが、その自信あるいは優越感には、シンガポール人だという意識も一役買っていた。自分たちはクアラルンプールにいるほかの女の子たちより有利なのだと確信していたのだ。小作農家出身の女（そうした女の子のことを、ふたりは「田舎者《ミナ・フェルダ》」と呼んでいた）や、ローライズのジーンズをはいたせいでお尻の汚い肌が見えている「いけすかない女たち」（「ヤリマン《ミナ・ボフシア》」と呼んでいた）とは、自分たちはちがうのだ。

ふたりはバーでソフトドリンクを注文して、隅のほうに陣取った。人が増えてきていた。自分たちのほうにちらちら向けられる視線に気がつきつつ、ふたりはそしらぬふりを決め込もうとした。男子のグループが現れ、横の席に座った。マレー人の若者たちだったがきちんとした身なりで、きれいにアイロンをかけたシャツを着ていた（とはいえ、その身のこなしからは、自分でアイロンをかけたわけではないと見て取れた）。混血の顔つきの男子がふたりいて、その目と髪は、日光が当たれば燃え立つような茶色の色合いになるだろう。

しばらくすると、男子のひとりがシャジーラとヌルディヤナのほうを向いてたずねてきた、「飲み物のお代わりを頼もうか？　なにがいいかな？」混血ではなかったが色白で、インクのような太い眉毛だった。

「別に間に合ってるから」とヌルディヤナは答えた。

「ふたりはどこ出身なの？」とその若者はたずねた。

「シンガポール」とヌルディヤナは言った。訊いてもらえてうれしかった。「この子は親友のジーラ。わたしはディヤナ。クアラルンプール生まれなの？」

聞き耳を立てていた別の男子が言った。「こいつはクダ州（訳注　半島部マレーシアの北西に位置する州）の王族なんだぜ！」

最初に話しかけてきた若者は、口を挟まれていやそうだった。「休暇中なの？」とふたりにたずねた。

そうだけど、とヌルディィヤナは答え、それから二、三時間話をして、その若者がロンドン・スクール・オブ・エコノミクスの学生で、夏休みに帰省しているのだと知った。彼は仲間たちに酒をピッチャーで次々におごっていた。仲間たちはいなくなってはまた戻ってきたが、女の子たちとの会話には一度も入ってこようとしなかった。シャジーラには、ヌルディィヤナがすっかり夢中になっているのがわかった。なじみのある、不自然な笑い声や、前にも耳にしたことがあるが改めて磨きをかけた体験談。シャジーラは、目を光らせているがかなり甘い付き添いの役を引き受けることにした。

ふたりでバーから出るとき、ヌルディィヤナはその若者からもらった名刺をシャジーラに見せた。

「テンク・アズランっていうんだって」とヌルディィヤナは言った。「明日電話をくれるって」

「わたしたち、明日には帰るんだけど」とシャジーラは言った。

「延長できたりしない？」とヌルディィヤナはたずねた。その声にかすかににじむ期待感が、シャジーラには気に食わなかった。

だが、電話はなかった。ヌルディヤナはチェックアウトの時刻になるまで粘って、自分から電話をかけた。三度。誰も出なかった。バスでの彼女は無言で、サングラスをかけたまま座席にもたれていた。

「どうしてわたしたちが毎回出かけてきてしまうかわかる?」目を隠しているヌルディヤナは、誰かに話しかけているようには見えなかった。「親と似たようなもんよ。自分たちのほんとうの姿を知るために出かけてしまうわけ」

シャジーラは友達になにがしかの同情を寄せたかったが、感じたのは苛立ちの気持ちだった。ヌルディヤナは妃になるとか、王室の付き人に加わるといった夢物語に酔うような歳ではない。宮殿も農場もなく、農夫も王もいないシンガポール出身なのだから、ちゃんとわかっているはずだ。なにをばかなことを考えてるの!

「ちがう」とシャジーラは思った。「わたしたちが出かけるのは、自分たちが誰じゃないのかを知るため。それを何度も知るために、何度も出かけてしまうんだ」だが、そう口にすることはなかった。窓のほうを向いて、カーテンのような木々がさっと過ぎていくのを眺めた。窓から外に手を伸ばしてみて、日の光にちらちら揺れる葉に指が当たるのは、どんな感じなのだろう。

バスの後ろにいる男の子

混んだ道路を通り抜けていくのに慣れてるんなら、そりゃバスに乗れば相当イラッとするよ。でも車を修理に出したから、職場に行く方法を見つけなきゃならなくってさ。

バスに乗るなんて久しぶりだな。気がつけば、まわりの人を観察して時間をつぶしてた。ほとんどが女の人だってのはむりもない。バスの後ろのほうに座っているとにがいいかって、あんまり混んでなければ、目の前でファッションショーを見られるってことだ。そんなふうに自分を慰めてる。バスは動いたかと思えば止まるけど、乗ったかいがあると思えるような美人がどこかのバス停で乗ってきてくれたらな、と期待するわけだ。

仕事に行くときにはたいてい座れる。家に帰るときは、そんなのむりだ。今日はいまいち運がなかった。バスはぎゅうぎゅう詰めで、俺の気分を盛り上げてくれそうなたったひとりの女は、図体のでかい中年男のせいで視界に入ってこない。

ちゃんと見えたわけじゃないが、ちらりと見えたところでは、長くてウェーブのかかった髪だった。その手の髪に映える、ミステリアスな微笑みの持ち主だってのも察しがついた。なんでわかったかは訊かないでくれ。最高のロマンスだって、始まりはただの直感だったりするだろ。

バスを利用すること一週間、俺はある仮説にたどり着いた。どうして公共交通機関に乗る人はみんな暗い顔をしてるのか？　理由はひとつ。みんな、おたがいに関わるのを怖がってるからだ。活発に関わってるのは運転手だけだし、それだって勤務中のほかの運転手たちと連絡を取り合ってるからだ。

てことで、怖がってれば、自分を奥深くにこっそり隠すことになる。それをやると、顔からなにかが消えてしまう。肌のすぐ下で、肌に命を与えている層が消えるんだ。暗い顔ってのは少しちがうかもしれないな。暗い感じの無表情なんだ。

で、そんなときに見かけたガキがいる。後ろに座ってて、窓に釣竿を立てかけてた。マレー人の小さな男の子で、ランニングシャツとサンダルって格好だった。ボリボリ食べてる揚げせんべい《クロポッ》の入ったビニール袋は、「ここから手で切れます」って切り込みが入ってないから自分の歯で開けるしかないやつだった。

その子はボリボリ食ってた。魚は一匹も釣れなかったのがわかった（それとも、釣れたけど放してやったのか？）。そして、じりじり進むバスの、蛍光灯のついた車内で、その子はゆっくりと寝落ちした。

きっと疲れ切ってたんだろう。両手に揚げせんべいの袋を持ったままだったから、落としてしまうんじゃないかと俺は心配だった。口が開いていた。ぐっすり眠ってて、ほんの少し辛そうな顔だった。

するといきなり、その子に対する強烈な優しさが込み上げてきた。その哀れみの気持ちのせいで、あの女のことも、お目にはかかれないだろう微笑みのことも忘れてしまった。揚げせんべいの袋をそっと手から取ってあげて、開けたところをたたんで、体のそばに置いてやりたかった。行き先のバス停がどこなのか、なぜか俺にはわかるだろうから、そこに着いたらすぐに起こしてやるつもりでそばを守ってやりながら、曇りガラスで広告が貼ってないところをじっと見つめていたかった。

できることなら、釣竿の先に魚を一匹引っかけてやりたかった。虹色の鱗の魚がいたら、その子はある夢から目を覚まして、びっくりして、また別の夢のなかに入り込むだろうから。

子ども

1

その男の子はいつも、二階席に座ると言い張った。母親の先に立ってらせん階段を上がっていき、片手は手すりにのせ、左にある前方座席に目をやる。まだ床に届かない両足をぶらぶらさせていると、バスはけだるい午後を突っ切っていく。窓の前をさざ波のように外の風景が通り過ぎていき、男の子が通りの名前を読み上げていくと、ときおり母親がそれを訂正する。毛をつけた魔法の杖のように、木の枝が屋根をかすめていく。ときどき、低く垂れている若葉と小枝の塊が近づいてくると、男の子は期待に胸を躍らせた。優しく、勝ち誇るようなバチバチという音がそれに続き、バスは──もし声があるなら──「俺は巨人なんだぞ」と叫ぶ。バス停の屋根には、瓶や折れた傘、つぶれたアルミ缶。それらはしかるべき墓地のない、さまよえる魂だった。日光がまぶしくて目を細めていると眠たくなってきて、横にある肩がちょうどいい枕になる。自分ではなく母親の匂いのする枕だが、バスが急に曲がるせいで頭がくらくらしたり、乗客たちが酔ったような足取りになっているときには安心感を与えてくれる。

もうすぐ降りるよ、と母親に言われると、男の子は降車ベルのボタンがあるところに駆けていって、合図を求めて母親の顔を見る。自分が命令すればいつでもバスを止められる、それは王を目の前でひざまずかせているような最高の気分だ。だが、誰かが先にベルを押してしまうこともあり、そうなるとベルに当てていた指から力が抜け、がくりと腕が落ち、男の子はバスに乗った人々の顔を傷ついた目で眺め回して、お楽しみの瞬間をかっさらっていった大人はどこにいるのかと探す。見えるのは無頓着で退屈そうな、気取った顔ばかりだ。男の子の恨みに満ちた目に屈する大人はおろか、気がつく人もいないようだ。押していい、ともっと早くに合図してくれなかった母親に一番腹が立つ。バスの折り扉がシューッと音を立てて開くと、母親は男の子の手をぎゅっと握って悲しげに微笑み、ちょっとした悲劇を真剣に受け止めてあげようとする。だが、慰めようはない。男の子はすねて、母親からさっと手を離して腕組みをする。もう次にバスに乗ることも、次のチャンスもない。人に見られていたってかまわないから、自分のなかの沈黙を石に変わるまで抱えていたいと思う。だが、道路を渡るとなると、男の子の手は母親の手に向かってゆっくりと上がっていき、また別の合図を待つ。「あの白い車が行ったらね」と母親は言う。母親を見上げると、急に愛が込み上げてくる。母親が手を握ってくれる確かさと、地平線があるはずのところをじっと見て、涙が出そうなくらいしっかりと見張っている目に対する愛が。

2

それは、男の子のスニーカーが誰かに踏まれてしまったときに起きる。男の子は白い布地を下品にも横切る泥の筋をこすって、チョークをひとつ盗んで塗りつぶそうとするが、やがて、白の色合いにもふたつの種類があるのだと気がつく。そしてまた、百点満点にふたつ正解が足りないテストの答案を持って帰るときにも、それは起きる。決定を下すことに伴う責任についてはまだなにも知らない男の子だが、うっかりミスの責任を取ることについてはよく知っている。その子は帰るのを渋り、歩幅を小さくして、帰宅を先延ばしにしたい一心でいる……歩道の縁石を綱渡りのように歩くか、二階にあるアパートまでの階段を数えるか（だが困ったことに、まず十一段、それから九段という数は変わってくれない）。そしてまた、途方もない喜びに両腕が言うことを聞かず、腕時計を壁で擦ってしまったときにも、それは起きる。最初に拭くとペンキは取れたが、ガラスについた傷はもっと深くなってしまう。もう一度拭いて、光のいたずらか指先の脂のおかげか、傷は消えたと信じ込めそうになる。両目を閉じて、それからもう一度腕時計を見てみる。擦り傷はまだある。男の子に向かってしつこく光を放っている。失恋のようにしつこく。

3

平日の半分は学校にいるせいで、男の子の忠誠はどういうわけか真っ二つに引き裂かれてしまう。注目してもらうには、妹と張り合うよりも同級生たちと張り合うほうが楽だということに、男の子は気がつく。教室で手を挙げて、正しい答えを言いさえすれば、同級生の羨みと救いの両方になれる。少なくとも、そう思っていたい。マレー人の女の先生が――子どもはいなくて、眼鏡をかけてショール《スレンダン》を巻いて、あごには目立つほくろがひとつある――「かわいい子《サヤン》」と呼んでくれるのもうれしい。男の子の練習ノートには、羅線のある余白と、単語ごとに指一本分を空けてあり、その先生は「じょうず《バエッ》」と何度も書いてくれている。そのおかげで、母親から「悪い子《ジャハト》」と言われて、一度などは、あんたはほんとうの子どもじゃない、ゴミ箱で拾ってきたんだから、と言われても、挫けずにいられる（我々みなが親に負う恩義は、親が実の両親ではない場合は二倍になる）。

そのふたりの女に対する忠誠心が、両側から引っ張られる日がやってくる。友達のグループのどれを取るかは、簡単に決められる。だいたい決まっている順番では、最大の敵とは勉強のライバルであり、その下に女子たち、その下には自惚れという罪を犯して、新しいブランド品のカバンや九つに仕切られたペンケースといった「見せびらかし」に走る子たちがいる。だが、ふたりいる母親のどちらかを選ぶとなると――

ひとりはなかなか独り占めできず、もうひとりはなかなか褒めてくれない——これは相当難しい。

その日、先生は児童たちに、誰か予備の指示棒を持っていないかとたずねるだろう。今回の「指示棒」とは、ペンのように見えるが伸縮式で伸ばしていけるタイプのものだ。男の子は学校の書店でひとつ見かけたことがあり、ほとんど本能的にさっと手を挙げる。ほかの誰にも、先生のお気に入りという地位を奪われるわけにはいかない。そのせいで、あとで母親と言い合いになり、クラスみんなが指示棒を一本買わなくちゃだめなんだと言い張るだろう。母親はその口車に乗りはしない。開けたばかりのティッシュの箱を空にして、指定の図画工作の絵筆を持たせるという緊急事態をどうにかしのいだが（筆の毛に豚の毛が混じっていないかが心配だったのだ）、今回ばかりはやりすぎだ。夜になって、明日先生になんと言えばいいのかと男の子は思い悩む。寝返りを打ち、夢は列車の形になって、嘘の数々をどっしり積み込み（指示棒はあるんです、みんな学校に一本持ってきてって先生が言ったよ、指示棒はなくしちゃったって母さんが言ってました）、どの駅にも停車できないみなしごの列車となる。

4

男の子は学校からの同意書記入用紙をきっちりたたんで、学校カバンの前ポケットに入れて持って帰る。「同意書」という文言そのものは、男の子にとってはいつも心地よいものとつながっていた。わくわくするのは行き先ではなく――ヴァン・クリーフ水族館であれ動物園であれ、シンガポールサイエンスセンターであれ――いろいろなものを遠足にこっそり持っていけるという思いだ。前の晩、母親はソフトドリンクと、チーゼルズのジャンボパックと、キットカットを何本か、それからバイザーを荷物に入れた（バイザーには「シンガポール港湾庁家族感謝デー」と書いてあったので、男の子はかぶらない）。すでに持ち込みが決まったこれらの品に、男の子はさらに加えるつもりでいた。「はらぺこキリン」という携帯ゲーム機のおもちゃ。病院に入院中に買ってもらったコミック雑誌『ビーノ』を何冊か。とはいえ、ほかの子たちが持ってくるであろうウォークマンや変形ロボットには太刀打ちできないことはわかっている。あるとき誰かが持ってきた、手で動かすタイプのバスケットボールのゲームは、本物の水のなかにバスケットボールを入れて、プラスチックのボタンをぴしゃぴしゃと巧みに動かす、というものだった。小さなボールがアザミか羽毛のように漂うせいで、水中コートでは時の流れが遅くなったが、王子のようなプレーヤーの後ろに群がって食い入るように見つめている子どもたちにとっては、時は止まっていた。

遠足から戻ると、今日はどうだったの、と母親がたずねてくるので、男の子は話すだろう。課題プリントをもらったよ（男の子のプリントは半分しか埋まっていなかった）。エコ湖に誰か落ちるだろうって思ってたけど誰も落ちなかったよ、雨が降るって言われてたけど降らなかった。そして、話さずにおくこともある。その日最大の勝利は、手で動かすドンキーコングのゲームの得点で誰かに勝ったことだった。男の子のものではないが、バスで学校に戻るときに、運よく何分か貸してもらえたのだ。

カキ・ブキ　午前三時

目もくらむような水田。なめらかな鏡のような水面を貫いて、緑色の切り株が生えている。男の子が見かけたシラサギは、小麦粉の袋から出てきたのかと思うほど白い。だが、両親がどこにも見当たらない。ここ、カンポンの家のベランダの、細長い板でできた床で待とう、と男の子は考えた。五歳のその子は、板と板のすきまに小指を差し込むことができる。

雲が厚くなってきていた。まるで太陽が明るい磁石であり、雲を引き寄せているかのように。暗くなりかけている。男の子は段ばしごを降りて、両親を探すことにした。カンポンの家の裏手で、奇跡のような光景に出くわす。水牛がごろりと横になり、痙攣するようにがくがく動くなにかを、体から出していたのだ。ピンク色で湯気を立てる粘膜に覆われたものを。

そのとき、男の子は夢から目を覚ました。母親の部屋に行って、のぞき込んでみた。母親はすやすや眠っている。その前の日に母親は、自分の祖父母に誘拐されたという話をした。孫に会いたくてしかたなかった祖父母は、子どもになにも言わずに孫を連れてきて、ヌグリ・スンビラン州（訳注　マレーシアの首都クアラルンプールの南側に位置する州）ルンバウにある自分たちのカンポンで一週間一緒に暮らしたのだ。その家で、母親は水牛の赤ちゃんが生まれるところを目にしていた。

居間の暗がりに座り、男の子は気がつく。自分というものは、生まれたときに始まるものではない。その前から、自分はなんらかの形で、母親の子ども時代からずっと存在していた。そして母親もまた、いなくなったあとも存在するだろう――彼女の記憶と、男の子の夢との見分けがつかなくなって。

訳者解説

本書はシンガポールで活動する劇作家・詩人・小説家・翻訳家であるアルフィアン・サアット（Alfian Sa'at）の短編集 *Malay Sketches* の翻訳である。本書が二〇一二年にシンガポールで刊行された際には、マレーシア人アーティストであるシャフリル・ニザムによる挿絵が付けられていた。その後、表現の自由の追求を軸としてニューヨークで活動するシンガポール系団体 Singapore Unbound が運営する出版社 Gaudy Boy により、二〇一八年に挿絵のない版がアメリカで刊行された。本書『マレー素描集』は、そのアメリカ版を底本としている。

サアットの作品については、短編集 *Corridor* が『サヤン、シンガポール　アルフィアン短編集』（幸節みゆき訳）として二〇一五年に出版されている。サアットの活動やシンガポールの英語文学における意義などについての専門的な知見からの紹介は、その訳者あとがきに譲ることとし、ここでは、本作品に関わる情報を中心にまとめておきたい。

アルフィアン・サアットは、一九七七年にシンガポールに生まれたマレー系の作家である（より厳密には、ミナンカバウ、ジャワ、客家の血を引くと紹介されている）。シンガポールの名門校であるラッフルズ・ジュニアカレッジの演劇部長を務め、十代のうちから注目された「恐るべき子ども」であるサアットの早熟な才能は、まず演劇において発揮された。その後、シンガポール国立大学医学部に進学するも卒業はせず、本格的に文芸の道に進むことになる。

二十一歳で第一詩集 *One Fierce Hour*、翌年には前述の短編集『サヤン、シンガポール』を発表し、文学的な名声を確立する。その後もマレー語と英語の双方で創作活動を行いつつ、シンガポールの文芸を牽引する存在となっている。また、二〇一〇年代からはマレー語の文学作品を英訳するという活動も行なっている。その多作さ、活動の多彩さにとどまらず、人種やセクシュアリティや政治といったテーマを積極的に取り上げ、「シンガポールでのタブーに挑戦する」とも形容される作風により知られ、国内では多くの文学賞を獲得している。二〇一二年に発表された本書『マレー素描集』は、サアットにとっては英語で執筆した第二短編集であり、翌二〇一三年にはフランク・オコナー国際短編賞の第一次候補にも選出された。

本作『マレー素描集』の背景となる、作者サアットのシンガポール社会および文芸に関する現状認識については、雑誌 *Asymptote* によるインタビューでの発言が多くを教えてくれる。

シンガポールという多文化社会において重要なのは、言語間の翻訳行為だけでなく、特定の文化における慣習を外部の人間にも理解可能なものとする「文化間の翻訳」だ、とサアットは言う。そうした文化間の交流が欠けたままのシンガポール文芸の現状について、サアットは「四つの孤独」という言い回しを用いている。標準中国語、タミル語、マレー語、英語で発表される文学作品は、読者層がひとつの民族グループで完結してしまいがちになる問題を十分に克服できていないのだ。各言語の作品を英語で読めるようにする試みは、いまだに細々とした規模にとどまっている。

そうした現状を踏まえ、サアットはマレー文化の内側でのみ通じる合言葉に頼ることのないよう意識しつつ、『マレー素描集』を書いたのだという。言い換えれば、本書はシンガポールの文芸、さらには社会にとってもこれから重要になると自身が語る「翻訳」という営みを中核に据えたがゆえに、英語を用いて創作されたということになるだろう。

サアットに百年以上先立って、やはり *Malay Sketches* というタイトルを持つ本が刊行されている。シンガポールがイギリス領の一部であった十九世紀末の総督フランク・スウェッテナムが、一八九五年に執筆した書物であり、本書の冒頭にも引用されている。イギリス人の統治者が支配言語である英語を用いて、支配下にあるマレー人の文化や気質を外部の読者に紹介する、というその本の構図を大胆に再利用する形で、サアットは現代のシンガポールでマレー人の置かれた状況の多様さを丁寧にすくい取りつつ、外部の読者に向けて開き、物語として「共有可能」なものにするべく、本書を送り出した。「マレー文化」や「マレー人」というカテゴリーの純粋さを追求することを嫌い、創作においては「まず何よりも、登場人物の統一性を重視する」とサアットは強調している。それを体現するように、長くても五ページ程度の掌編それぞれには、登場人物たちが経験するすれ違い、和解、死との対面、未来への希望、閉塞感などが、ささやかに、しかし忘れ難く刻み込まれている。

本書に収められた物語はしばしば、マレー人の登場人物が結婚や学校での出来事などを通じて「外」と接触する瞬間を取り上げている。必然的に、物語の背景として、マレー系住民がシンガポール社会で置かれた立場が、そこにしばしば影を落とす。平均収入も大学進学率も、華人やタミル人よりも低い水準から抜け出すことがなかなかできないという状況に加えて、二十一世紀に強まったイスラーム原理主義への警戒も、イスラーム教徒が圧倒的多数であるマレー人にとっては逆風となった。華人の英語話者が中軸を担う社会において、サアットが描くマレー人の登場人物たちは、自分たちの居場所はどこにあるのかという問いを突きつけられる。それに対する答えは、もちろん個々の立場によって異なるものになり、マレー人とその他の集団の格差のみならず、マレー人同士のあいだに生じる格差もまた浮き彫りになっていく。

こうして社会と個人とのかかわりを背景とする短編の間には、午前五時から午前三時まで進行していく時刻とシンガポール各所の地名が明記された断章が挟まれ、本書を通読するなかで、マレー人のさまざまな目を通してシンガポールの一日を垣間見ることができるという構成が選ばれている。それによって、二十一世紀のシンガポールに生きるマレー人たちの実に多様な経験を、特定のイメージに押し込めることなく提示するという試みに、本書は成功しているといえるだろう。しばしば困難な状況に置かれた人々を取り上げつつ、その喜怒哀楽を丹念に追うサアットの筆致の根底には「人が生きること」に対する信頼や愛情といった感覚があるのだといっていい。それが、『マレー素描集』に独特の開かれた雰囲気を生み出している。

本書に登場する、マレー人の服装や慣習については、原注が付されているものも多い。翻訳に際して、それらは訳文に組み込むか本文中の括弧内で表記したほか、シンガポールの歴史に関する情報が有益であると訳者が判断したものについては訳注を加えることとした。地名や人名など固有名詞の表記については、すでに日本でもある程度なじみがあるものについては一般に流通している読み方を優先し、それ以外はマレー語辞典などを参照している。歴史的・社会的な情報については、『シンガポールを知るための65章』(田村慶子編）や『シンガポールのムスリム：宗教の管理と社会的包摂・排除』（市岡卓著）などを参考にした。とはいえ、訳者の基礎的な知識不足を痛感することも多かったというのが正直なところであり、訳文のなかで誤りがあれば、それはすべて訳者の責任である。

本書の内容については、書肆侃侃房から刊行された『現代アメリカ文学ポップコーン大盛』のもととなったウェブ連載で取り上げる機会があった。それをきっかけとして翻訳の企画を立ち上げ、具体的な編集と校正の作業まで担当してくださったのが、侃侃房の藤枝大さんである。刊行に至るまでの藤枝さんの並走に記して感謝申し上げる。

また、本書の一部については、同志社大学でのゼミと翻訳の授業、京都大学での授業で取り上げて訳文について意見交換する機会があった。学生たちのさまざまな訳文案や意見から多くを学べたことにも感謝したい。

最後に、僕の家族に。情報収集のために現地を訪れることが叶わなくなり、本書の翻訳は二〇一二年に家族でシンガポールを訪れた記憶を呼び起こしつつの作業だった。その思い出を分かち合ってくれた妻・河上麻由子と、訳文に一箇所アドバイスをくれた娘に、愛と感謝をこめて、本書の翻訳を捧げたい。

藤井光

二〇二一年八月

■アルフィアン・サアット（Alfian Sa'at）＝１９７７年シンガポール生まれ。ラッフルズ・ジュニアカレッジ在籍時から演劇の創作で注目される。１９９８年に詩人としてデビューを飾り、１９９９年には短編集『サヤン、シンガポール』を発表。マレー語と英語での創作活動を続け、シンガポールでは多数の受賞歴を誇る。ほかに詩集『記憶喪失の歴史』『透明な原稿』、戯曲『アジアン・ボーイズ』三部作、『ナディラ』（いずれも未訳）。

■藤井光（ふじい・ひかる）＝１９８０年大阪生まれ。北海道大学大学院文学研究科博士課程修了。東京大学文学部准教授。主要訳書にS・プラセンシア『紙の民』、H・ブラーシム『死体展覧会』、M・ペンコフ『西欧の東』（以上、白水社）、D・アラルコン『ロスト・シティ・レディオ』、T・オブレヒト『タイガーズ・ワイフ』、A・ドーア『すべての見えない光』（第３回日本翻訳大賞受賞）、R・マカーイ『戦時の音楽』（以上、新潮社）、N・ドルナソ『サブリナ』（早川書房）など。

■マレー素描集
■著者＝アルフィアン・サアット　■訳者＝藤井光　■発行者＝田島安江　■発行所＝株式会社書肆《しょし》侃侃房《かんかんぼう》　〒八一〇ノ〇〇四一　福岡市中央区大名二ノ八ノ一八ノ五〇一　☎＝〇九二・七三五・二八〇二　FAX＝〇九二・七三五・二七九二　http://www.kankanbou.com　info@kankanbou.com　■編集＝藤枝大　■印刷・製本＝モリモト印刷株式会社

■Printed in Japan
■ISBN978-4-86385-464-2 C0097

二〇二一年十月六日　第一刷発行